Autumn Spice: Romance Small Town (Versão Português)

Alice R.

Published by Alice R., 2024.

AUTUMN SPICE: ROMANCE SMALL TOWN (VERSÃO PORTUGUÊS)

First edition. October 7, 2024.

ISBN: 979-8227521996

Written by Alice R..

Also by Alice R.

Bullets & Thorns: Mafia Romanze
Bullets & Thorns: Romance Mafieuse
Bullets & Thorns: Um Romance de Máfia
Vice & Virtue: Mafia Romanze
Vice & Virtue: Romance Mafieuse
Vice & Virtue: Um Romance de Máfia
Vice & Virtue: Romanzo di Dark Mafia
Vice & Virtue: Un Romance Mafia (Español)
Autumn Spice: Kleinstadtromanze
Autumn Spice: Romance Small Town (Versão Português)
Autum Spice: Small Town Romance (Version Française)

Sumário

Meu nome é Mia... Bem, Mia Stewart. Eu me mudei para Maple Ridge, Vermont, para deixar meu passado para trás, mas algumas coisas são mais difíceis de escapar.

Após perder minha mãe e passar por um término doloroso, eu precisava de um novo começo. Meu plano era simples: focar na minha arte, evitar complicações e curar. Mas então Jake Harper, meu vizinho com um sorriso que poderia derreter até o coração mais duro, entrou na história.

Eu não vim aqui em busca de amor—especialmente não depois de tudo que passei—mas cada momento com Jake me faz questionar essa decisão. Ele é gentil, constante, e há algo nele que me faz sentir segura de uma forma que não sinto há anos.

O problema? Eu já fui ferida antes, e confiar novamente não é fácil. Isolar-me na antiga cabana da minha mãe se tornou minha fuga do passado.

Mas talvez, só talvez, seja hora de arriscar o amor. Porque o jeito que Jake me olha... é diferente. Parece real.

É possível recomeçar e abrir seu coração quando ele já foi quebrado antes?

Tudo que eu tenho que fazer é não estragar tudo. Como de costume...

-

Este romance é a vida de Mia, doce, desajeitada, mas também sexy e picante. A arte é sua paixão, mas ela logo descobrirá novas maravilhas de uma pequena cidade.

CAPÍTULO 1

"Mia!"

Sempre odiei o som do meu nome quando é gritado. A agudeza disso corta meus pensamentos como uma faca, interrompendo qualquer paz que eu tenha conseguido manter em minha mente dispersa. E agora, esse nome—meu nome—está sendo gritado no topo do pulmão de alguém bem do lado de fora da minha porta.

"Mia!"

Eu me mexo, gemendo enquanto me arrasto do profundo e reconfortante abismo do sono. Minha cama é um casulo quente, meu refúgio do mundo. Eu estreito os olhos para os números brilhantes do meu despertador. 13:00. Meu coração afunda. "De novo não" eu penso, me levantando sobre um cotovelo e esfregando os olhos. Como deixei a manhã escorregar assim? Meu senso de tempo está completamente fora de controle desde... bem, desde que tudo desmoronou.

"Mia Stewart!" A voz chama novamente, mais urgente desta vez, seguida pelo barulho irritante da campainha.

O som arranha meus nervos já desgastados, e murmuro uma sequência de xingamentos baixinho enquanto balanço as pernas para fora da cama. Meus pés atingem o frio chão de madeira, enviando um arrepio pela minha coluna. Eu pego meu telefone na mesa de cabeceira, esperando encontrar alguma mensagem ou chamada perdida explicando por que alguém está determinado a destruir os últimos vestígios de sono que me restam. Mas não há nada. Apenas um lembrete de que perdi dois prazos de trabalho e uma dúzia de notificações de redes sociais que não consigo me importar.

Arrasto-me para fora da cama, o peso do mundo pressionando meus ombros como um fardo invisível que não consigo sacudir. O quarto está sombrio, as cortinas grossas fechadas com força, bloqueando qualquer indício de luz do dia. É mais fácil assim, escondendo-me do sol e todas as expectativas que vêm com ele. Meu pequeno apartamento em Chicago, geralmente meu santuário, parece mais uma prisão atualmente—um lugar onde o tempo para e nada parece importar.

"MIA!" O grito é acompanhado por mais um toque impaciente da campainha.

"Estou indo!" Eu grito de volta, embora minha voz seja mais um ruído rouco do que qualquer outra coisa. Eu me arrasto até a porta, meus pés arrastando-se pelo chão, meu corpo pesado com a névoa persistente do sono.

Quando chego à porta, hesito por um momento, espiando pelo olho mágico. Nicole está lá, claro, com o rosto franzido de frustração, seu cabelo loiro preso em um coque bagunçado. Ela está vestida em seu estilo casual, mas chique—legging, um suéter oversized e o tipo de tênis que provavelmente custam mais do que meu conjunto inteiro combinado. Ela está andando de um lado para o outro em frente à porta, braços cruzados sobre o peito, os lábios pressionados em uma linha fina.

Eu suspiro, sabendo que não há como escapar disso. Nicole é nada se não persistente, especialmente quando acha que está fazendo algo para o meu próprio bem. Com um suspiro resignado, eu destranco a porta e a abro.

"Mia!" A voz de Nicole suaviza ligeiramente enquanto ela avança, sua expressão mudando de irritação para preocupação no momento em que me vê. "Que diabos? Eu estive tocando sua campainha por uns cinco minutos. Por que você não estava respondendo?"

"Eu estava dormindo," eu murmuro, passando a mão pelo meu cabelo emaranhado. "Que horas são, afinal?"

Nicole levanta uma sobrancelha. "São 13h. Você esteve dormindo esse tempo todo?"

"Parece que sim," eu digo com um encolher de ombros fraco, apoiando-me na moldura da porta. Minha voz está monótona, até para os meus próprios ouvidos, e posso ver a preocupação nos olhos de Nicole intensificar.

"Mia, isso não é bom," ela diz, empurrando-me para dentro do apartamento sem esperar um convite. "Você não pode continuar assim—dormindo o dia todo, ficando acordada a noite toda, ignorando sua vida. Não é saudável."

Eu fecho a porta atrás dela, sentindo um puxão de culpa. Eu sei que ela está certa. Eu estive me escondendo de tudo, tentando escapar da realidade de que minha vida não é mais o que costumava ser. Mas eu não consigo evitar. Cada vez que tento enfrentar o mundo, parece que estou sufocando sob o peso de todas as minhas falhas e perdas.

"Estou bem," eu minto, embora ambas saibamos que está longe da verdade.

Nicole solta um suspiro exasperado e se vira para me encarar. "Não, você não está. Você está longe de estar bem, Mia. Você está trancada neste apartamento há semanas, e é como se você tivesse completamente se desconectado da vida. Estou preocupada com você."

Ela pausa por um momento, como se estivesse escolhendo suas próximas palavras com cuidado. "E não sou só eu que estou preocupada. Nosso chefe também está começando a ficar ansioso. Você perdeu outro prazo, Mia. Esta nova ordem de restauração—não é apenas um projeto casual. Envolve contratos, contratos sérios, e há

penalidades se não entregarmos a tempo. Você não pode se dar ao luxo de errar isso. Não agora."

Sinto um nó apertar no meu estômago, o peso de suas palavras afundando. Eu tenho tentado tanto empurrar tudo para o lado, fingir que posso apenas me esconder de tudo, mas a realidade está desmoronando ao meu redor. Este trabalho, a única coisa que eu costumava fazer tão bem, está escorregando entre meus dedos, e não sei como recuperá-lo.

"Mia," ela diz suavemente, estendendo a mão para tocar meu braço. "Você não precisa passar por isso sozinha. Estou aqui para você, mas você precisa me deixar entrar. Você precisa deixar alguém entrar."

Eu abaixo o olhar para o chão, incapaz de encontrar seus olhos. Eu não quero falar sobre isso—não agora, não nunca. Mas Nicole é implacável, e ela não vai deixar isso para lá. Posso sentir seus olhos me atravessando, procurando algum sinal de que eu ainda sou a mesma Mia que ela sempre conheceu, a Mia que costumava ter tudo sob controle.

Engulo em seco, sentindo a conhecida ardência das lágrimas nos meus olhos. Eu não quero chorar. Estou tão cansada de chorar. Parece que isso é tudo que eu fiz desde que tudo desmoronou—desde o término, desde que a mamãe morreu, desde que perdi todo o sentido de direção na minha vida. Mas as palavras de Nicole atingem meu estômago, e de repente, todas as emoções que tenho tentado suprimir vêm à tona.

"Eu não sei como fazer isso mais," eu admito, minha voz tremendo enquanto finalmente olho para ela. "Eu não sei como ser... ok."

O rosto de Nicole suaviza, e ela me puxa para um abraço apertado, segurando-me perto como se pudesse, de alguma forma, espremer toda a dor de mim. Eu fecho os olhos e deixo-me afundar no abraço, sentindo o calor de seus braços ao meu redor, o batimento constante de seu coração contra o meu.

"Está tudo bem não estar bem," ela sussurra, sua voz suave. "Mas você não pode ficar assim para sempre. Você tem que começar a viver novamente, Mia. Você tem que encontrar uma maneira de seguir em frente."

"Eu nem sei por onde começar," eu confesso, minha voz abafada contra seu ombro.

Nicole se afasta ligeiramente, o suficiente para olhar nos meus olhos. "Um passo de cada vez," ela diz firmemente. "E o primeiro passo é sair deste apartamento e fazer algo—qualquer coisa. Vamos dar uma caminhada, pegar um ar fresco. Podemos tomar um café, ou apenas sentar no parque e conversar. Mas você precisa sair daqui."

Eu hesito, meu instinto de recuar para meu casulo escuro e seguro lutando contra a parte de mim que sabe que ela está certa. Eu não posso continuar me escondendo do mundo. Eu não posso continuar deixando a vida passar por mim.

"Ok," eu finalmente digo, minha voz mal acima de um sussurro. "Vamos dar uma caminhada."

Nicole sorri, alívio lavando seu rosto. "Bom. Vá se trocar, e eu vou esperar aqui. E Mia?"

"Sim?"

"Você é mais forte do que pensa," ela diz, seu tom sério. "Não se esqueça disso."

Eu aceno, embora não tenha certeza se acredito nela. Mas me forço a me mover, a arrastar-me de volta para meu quarto e trocar meu pijama amassado. Coloco um par de jeans e um suéter, passando uma escova pelo cabelo e jogando água no rosto na tentativa de parecer um pouco apresentável.

Quando volto para a sala, Nicole está esperando na porta, seu telefone na mão. Ela olha para cima e me dá um aceno de aprovação. "Pronta?"

Saímos para o corredor, e sou atingida por quão brilhante está lá fora do meu apartamento. O sol filtra pelas janelas, lançando um brilho quente no carpete desgastado. Parece estranho, quase duro, depois de tantos dias passados nas sombras do meu quarto.

Nicole fala animadamente enquanto descemos as escadas e saímos para a rua movimentada, sua voz um ruído de fundo reconfortante enquanto absorvo meu entorno. A cidade parece diferente, como se eu estivesse vendo através de novos olhos—mais vibrante, mais viva. É um contraste marcante com as cores apagadas da minha existência recente, e por um momento, é esmagador.

Mas então Nicole entrelaça seu braço no meu, me ancorando, e eu respiro fundo. Caminhamos lado a lado, misturando-nos ao fluxo de pedestres, e lentamente, começo a sentir um pequeno lampejo de algo que não sinto há muito tempo—esperança.

Talvez, só talvez, eu possa encontrar meu caminho de volta.

CAPÍTULO 2

Minha mão paira acima da tela, pincel preparado e pronto, mas meu foco está escorregando mais rápido que areia em uma ampulheta. A peça que estou restaurando é um retrato do século XVIII, e eu passei o que parece uma eternidade trabalhando minuciosamente para igualar cada pincelada ao original. Cada detalhe importa—cada tom de azul, cada linha delicada do rosto do sujeito—mas meu cérebro está fritando. Eu estive olhando para a mesma seção por horas, e parece que a tinta está começando a borrar diante dos meus olhos.

"Vamos lá, Mia, se concentre," eu murmuro para mim mesma, mas até meus discursos motivacionais são desanimados esses dias. Eu me reclino na cadeira e estico os braços acima da cabeça, tentando sacudir a exaustão que se instalou em meus ossos.

Este trabalho—esta única peça de arte—é o último vestígio de ordem em minha vida caótica. Se eu conseguir terminá-la a tempo, talvez, só talvez, eu convença a todos, inclusive a mim mesma, que não estou completamente desmoronando. Mas a pressão está me consumindo, e meus truques habituais para me manter focada simplesmente não estão funcionando esta noite.

Eu olho para o relógio. 23:47. Solto um longo suspiro, sabendo que estou a caminho de mais uma noite em claro. Eu me afasto da mesa e vou até a geladeira, orando para que haja pelo menos uma bebida energética sobrando lá. É a única coisa que vai me ajudar a passar as próximas horas.

Por sorte, há uma lata solitária na prateleira, presa entre uma maçã triste e um pote de iogurte que provavelmente já teve dias melhores. Eu pego a bebida e a abro, o chiado da carbonatação soando alto demais no silêncio do meu apartamento.

"Às más escolhas na vida e crises de meia-noite," eu brindo para ninguém, tomando um longo gole do líquido doce e artificial. É terrível, mas é o tipo de terrível que faz o trabalho. Volto para minha estação de trabalho, a lata em uma mão, meu pincel na outra, pronta para atacar o retrato novamente.

Mas enquanto me acomodo de volta na cadeira e olho para a tela, meus pensamentos começam a divagar. É como se meu cérebro tivesse decidido que agora é o momento perfeito para um mergulho profundo no abismo da superanálise. Ótimo. Exatamente o que eu precisava.

Posso sentir a espiral familiar começando—aquele onde eu analiso cada única decisão que já tomei, levando a um colapso mental total. Por que eu deixei as coisas chegarem a esse ponto? Por que deixei minha vida se transformar nessa bagunça? Como eu passei de alguém que tinha tudo sob controle para alguém que mal consegue funcionar sem uma lata de bebida energética tóxica e uma série de escolhas de vida questionáveis?

Coloco o pincel para baixo e esfrego as têmporas, tentando afastar a dor de cabeça iminente. Isso não está ajudando. Quanto mais eu penso em tudo, pior eu me sinto, e quanto pior eu me sinto, mais eu penso. É um ciclo vicioso que não consigo romper.

Dane-se. Eu preciso de uma pausa.

Eu me afasto da mesa e vou para o banheiro. Talvez um banho ajude a clarear minha mente. Pelo menos, me dará algo mais para focar além do meu iminente colapso nervoso.

O banheiro é pequeno, como tudo mais neste apartamento, mas é meu pequeno santuário. Eu tiro minhas roupas e entro no chuveiro, deixando a água quente escorrer sobre mim. Por alguns minutos, eu apenas fico lá, olhos fechados, tentando deixar o vapor e o calor fazerem seu trabalho.

Enquanto a água bate nas minhas costas, começo a sentir um pouco da tensão escorregar. Talvez Nicole estivesse certa. Talvez eu realmente precise colocar minha vida nos trilhos. Eu não posso continuar vivendo assim—mal funcionando, constantemente à beira, presa nesse ciclo de depressão e autocrítica.

A verdade é que eu estive adiando tudo. Não apenas a restauração da arte ou voltar ao trabalho, mas minha vida inteira. Eu estive presa nesse padrão de espera, com medo de seguir em frente, com medo de lidar com o que realmente está acontecendo dentro da minha cabeça. Mas eu não posso continuar ignorando isso. Eu não posso continuar fingindo que tudo está bem quando claramente não está.

Eu respiro fundo e inclino a cabeça para trás, deixando a água escorrer pelo meu rosto. Eu sei o que preciso fazer, mas a ideia de realmente fazer isso me assusta. Terapia. Eu estive evitando isso por tanto tempo, mas talvez seja hora. Não, deixando claro—definitivamente é hora.

Suspiro e pego o xampu, ensaboando-o no meu cabelo enquanto tento aceitar o que acabei de decidir. Terapia significa admitir que não estou bem, que preciso de ajuda, que não posso consertar tudo sozinha. Significa enfrentar todas as coisas das quais estive fugindo—o luto, a solidão, o medo do futuro. Mas talvez enfrentar isso seja a única maneira de eu melhorar.

Quando termino de lavar meu cabelo, eu me sento no chão do chuveiro, deixando a água correr sobre mim. Eu sei que não é a coisa mais higiênica a se fazer, mas agora, só preciso de um momento para reunir meus pensamentos. O frio do azulejo contra minha pele me ancla, e eu fecho os olhos, tentando deixar a paz que estou começando a sentir penetrar.

Não posso continuar me isolando assim. Eu construí essas paredes ao meu redor—literal e figurativamente—mas tudo o que elas fizeram

foi me aprisionar na minha própria miséria. É hora de me libertar, de começar a tomar decisões que realmente me façam avançar em vez de me manter presa nesse ciclo interminável de desespero.

Uma dessas decisões é sobre a cabana. A que minha mãe me deixou em Vermont. Tenho pensado em vendê-la, em deixar aquele pedaço dela para trás porque é doloroso demais lidar com isso. Mas talvez eu esteja vendo tudo errado. Talvez a cabana não seja algo a ser evitado ou esquecido. Talvez seja uma chance de recomeçar, de encontrar um pouco de paz, de me reconectar com quem sou fora de todo o caos e coração partido.

Penso em Vermont—o silêncio, a natureza, a forma como a vida parece se mover em um ritmo mais lento lá. É o oposto completo da minha vida em Chicago, mas talvez isso seja exatamente o que eu preciso. Um novo começo. Um recomeço. Um lugar onde posso deixar o passado para trás e começar a construir algo novo.

Quando desligo o chuveiro e me enrolo em uma toalha, já tomei minha decisão. Não vou vender a cabana. Vou me mudar para lá. Vou deixar Chicago e todas as suas más memórias para trás, e vou recomeçar em Vermont. É uma ideia louca, mas parece certa. Pela primeira vez em muito tempo, algo parece certo.

DUAS SEMANAS DEPOIS

Estou sentada em um pequeno escritório aconchegante que cheira levemente a lavanda e algo cítrico. As paredes são de um tom de azul calmante, decoradas com pinturas abstratas que deveriam ser relaxantes, mas que principalmente me fazem me perguntar o que o artista estava pensando. Tenho vindo aqui a cada poucos dias, e embora ainda me sinta como um desastre emocional, há uma pequena parte de mim que está começando a se sentir... melhor? Talvez?

Louise, minha terapeuta, está sentada em uma confortável poltrona à minha frente, seu bloco de notas apoiado em seu joelho. Ela tem uma maneira de me olhar—como se estivesse tentando ver através de todas as camadas em que me envolvi, até o núcleo de quem eu sou. É desconcertante, mas também meio tranquilizador, como se talvez ela pudesse me ajudar a encontrar os pedaços de mim que perdi ao longo do caminho.

"Então, Mia," Louise começa, sua voz firme e calma, "você falou muito sobre sua decisão de se mudar para Vermont e recomeçar. Mas estou curiosa—você vê essa mudança como uma forma de realmente começar de novo, ou você acha que há uma parte de você que está fugindo?"

Eu me mexo desconfortavelmente na cadeira, sentindo o peso da pergunta dela. "Quero dizer... não é ambas as coisas?" digo, tentando manter um tom leve. "Um recomeço geralmente envolve deixar algo para trás, certo? Então, sim, estou seguindo em frente. Estou escolhendo deixar o passado onde ele pertence."

Louise acena com a cabeça, mas posso ver que ela não vai me deixar escapar tão facilmente. "Parece que você está ciente de que está deixando algo para trás, mas o que exatamente é isso que você está deixando? É apenas a cidade, seu trabalho, as memórias da sua mãe? Ou é algo mais profundo—algo que você ainda não enfrentou completamente?"

Eu respiro fundo, tentando formular uma resposta que não soe completamente ridícula. "Acho que... estou deixando para trás a parte de mim que estava presa. A parte que não conseguia seguir em frente após o término, que não conseguia lidar com a perda da minha mãe. Preciso me afastar de todas as lembranças, de tudo que está me segurando."

Louise se inclina levemente para frente, sua expressão pensativa. "E o que acontece se essas lembranças te seguirem para Vermont? E se você se encontrar enfrentando as mesmas lutas, os mesmos medos, apenas em um cenário diferente? Como você lidará com isso?"

A pergunta me atinge como um tonelada de tijolos. Eu realmente não tinha pensado nisso—na possibilidade de que meus problemas poderiam me seguir, não importa o quão longe eu corra. "Eu... eu não sei," admito, minha voz agora mais baixa. "Acho que apenas assumi que uma mudança de cenário me ajudaria a deixar tudo para trás. Mas agora que você mencionou... talvez isso seja apenas um pensamento ilusório."

Louise me dá um pequeno sorriso encorajador. "É natural querer escapar, Mia. Mas é importante reconhecer que a distância física sozinha não resolverá os problemas emocionais que você está enfrentando. Você mencionou querer um recomeço, mas quero desafiá-la a pensar sobre o que isso realmente significa. É sobre evitar seu passado, ou é sobre enfrentá-lo de frente e aprender a viver com ele?"

Sinto um nó se formando na minha garganta, a sensação familiar de querer evitar algo que é doloroso demais para pensar. "Eu não quero continuar vivendo no passado," digo, minha voz trêmula. "Mas não sei como... como enfrentar tudo isso sem sentir que vou me afogar nele."

Louise acena com a cabeça, seu olhar firme e compassivo. "É um processo, Mia. A cura não acontece da noite para o dia, e certamente não acontece apenas porque você mudou seu entorno. Você precisa estar disposta a fazer o trabalho árduo—aqui e agora—para enfrentar a dor que você está carregando. Caso contrário, ela vai aparecer em Vermont, ou em qualquer outro lugar que você vá."

Engulo em seco, sentindo que estou prestes a chorar. “Mas não sei se sou forte o suficiente para fazer isso. Para realmente lidar com tudo isso.”

“Você é,” diz Louise com firmeza, inclinando-se um pouco mais para frente. “Mas você precisa acreditar que é. E parte dessa força vem de reconhecer seus padrões—especialmente quando se trata de relacionamentos. Você mencionou antes que lutou com a codependência no passado. Mudar-se para Vermont pode parecer uma forma de escapar disso, mas você tem certeza de que não está apenas se preparando para repetir os mesmos padrões com novas pessoas?”

Mordo meu lábio, a verdade de suas palavras me atingindo como um banho de água fria. Sempre tive uma tendência de depender demais dos outros, de me perder em relacionamentos e esquecer quem sou fora deles. É uma das razões pelas quais meu término foi tão devastador—não era apenas perder ele, era perder a identidade que construí ao redor dele.

“Eu não quero cair nessa armadilha novamente,” digo em voz baixa. “Mas estou com medo de que eu vá. Não sei como não fazer isso.”

Louise se recosta em sua cadeira, sua expressão séria, mas gentil. “O primeiro passo é a consciência, e você já deu esse passo. O próximo passo é estabelecer limites—não apenas com os outros, mas consigo mesma. Você precisa se comprometer com seu próprio crescimento, com descobrir quem você é e o que você quer, independentemente de qualquer outra pessoa.”

“Eu nem sei por onde começar com isso,” admito, sentindo uma mistura de frustração e desesperança. “Passei tanto tempo da minha vida me definindo pelos meus relacionamentos—primeiro com minha mãe, depois com ele. Como descubro quem sou sem eles?”

"Começa com pequenos passos," diz Louise gentilmente. "Reserve um tempo para explorar seus interesses, suas paixões. Redescubra as coisas que trazem alegria a você, as coisas que fazem você se sentir como você. E lembre-se, é ok estar sozinha. Na verdade, é essencial. Aprender a se sentir confortável na sua própria companhia é uma das habilidades mais importantes que você pode desenvolver."

Eu aceno lentamente, tentando absorver o que ela está dizendo. "Acho que é por isso que Vermont parece a escolha certa. É uma chance de estar sozinha, de me concentrar em mim mesma pela primeira vez. Mas também estou com medo de que eu acabe me isolando ainda mais, de que eu me afaste tanto do meu próprio mundo que não consiga sair."

Os olhos de Louise se suavizam com compreensão. "É um equilíbrio delicado, Mia. Mudar-se pode lhe dar o espaço que você precisa para curar, mas é importante não se cortar completamente. Mantenha contato com pessoas que te apoiam e faça um esforço para construir novas conexões saudáveis em Vermont. Você não precisa fazer isso sozinha, mesmo que esteja fisicamente sozinha."

"Eu sei," digo, embora ainda haja uma parte de mim que se pergunte se estou apenas me enganando. "É só que... tanta coisa aconteceu, e não tenho certeza de como confiar em mim mesma para fazer as escolhas certas novamente."

"Você passou por muita coisa," concorda Louise. "Mas isso não significa que você é incapaz de tomar boas decisões. Apenas significa que você precisa dar a si mesma tempo—para curar, para refletir e para crescer. Você não vai ter todas as respostas de imediato, e tudo bem. O que importa é que você está dando passos na direção certa, mesmo que sejam pequenos."

Solto um longo suspiro, sentindo parte da tensão no meu peito começar a se aliviar. "Acho que só preciso levar um dia de cada vez."

"Exatamente," diz Louise com um sorriso tranquilizador. "Um dia de cada vez. E lembre-se, você não está sozinha nisso. Você tem pessoas que se importam com você, que querem ver você ter sucesso. E você tem a força dentro de você para fazer isso, mesmo que nem sempre pareça assim."

Aceno, sentindo uma mistura de emoções—medo, esperança, incerteza e talvez, só talvez, um pouco de determinação. "Obrigada, Louise. Eu acho... eu acho que precisava ouvir isso."

"Fico feliz," ela diz, seu tom caloroso e solidário. "E lembre-se, esta é uma jornada. É ok tropeçar, ter retrocessos. O que é importante é que você continue avançando, mesmo que seja no seu próprio ritmo."

Me recosto na cadeira, deixando suas palavras penetrarem em mim. Não vai ser fácil, mas talvez isso esteja ok. Talvez as coisas que valem a pena—as coisas que realmente importam—sejam aquelas pelas quais você precisa lutar, aquelas que você precisa atravessar a dor para alcançar.

Ao sair do escritório de Louise e entrar no ar fresco da tarde, respiro fundo e digo a mim mesma: "Aqui vou eu".

CAPÍTULO 3

O ônibus roncando para, e eu saio para o ar fresco de Vermont, segurando minhas duas malas como se fossem as únicas coisas que me prendem a este mundo. O ar cheira diferente aqui—mais limpo, mais fresco, como pinheiros e terra. Respiro fundo, tentando sacudir a exaustão da longa viagem. Maple Ridge, Vermont, é tão pitoresca quanto imaginei que seria, com seus encantadores edifícios antigos e ruas arborizadas. E agora, aqui estou eu, apenas duas malas e um sonho, esperando que este lugar seja o recomeço fresco que tanto preciso.

Olho ao redor, tentando me localizar. A cabana da minha mãe deve estar por aqui, mas não estive aqui em anos, e minha memória está nebulosa, para dizer o mínimo. A primeira coisa que preciso fazer é pegar as chaves. Deixei-as com Nick, o corretor de imóveis que deveria vender o lugar depois que minha mãe faleceu. Na época, estava convencida de que nunca mais colocaria os pés em Vermont. Engraçado como as coisas mudam.

Avistando uma pequena loja de conveniência logo na rua, decido começar por lá. É um daqueles lugares pitorescos e antigos com uma placa de madeira rangente na frente, o tipo que você só vê em pequenas cidades. Empurro a porta, e um pequeno sino toca acima de mim, anunciando minha chegada.

Dentro, a loja é aconchegante e bagunçada, com prateleiras abarrotadas de tudo, desde enlatados até velas artesanais. O cheiro de café fresco paira no ar, e vejo um homem na parte de trás da loja, trabalhando em um guarda-roupa de madeira. Ele é alto, com cabelo escuro e uma barba desgrenhada, vestindo uma camisa xadrez com as mangas arregaçadas até os cotovelos. Suas mãos se movem com facilidade, lixando a madeira até ficar lisa enquanto ele canta uma melodia para si mesmo.

"Com licença," digo, me aproximando dele um pouco hesitante.

Ele levanta os olhos, e por um momento, seus profundos olhos castanhos se fixam nos meus. Há um calor em seu olhar, como se ele estivesse genuinamente feliz em ver outro ser humano. "Oi," ele diz, sua voz rica e amigável. "Posso te ajudar com algo?"

"Sim, na verdade," respondo, me sentindo um pouco mais à vontade. "Estou procurando este endereço." Retiro um pedaço de papel com as instruções rabiscadas que Nick me deu. "Devo pegar algumas chaves."

Ele limpa as mãos em um pano e se aproxima para dar uma olhada no papel. "Ah, eu conheço esse lugar," diz ele com um aceno. "Você está quase lá. Basta ir duas quadras para baixo e depois virar à esquerda. Você verá uma placa vermelha—é o escritório de corretagem. Lugar do Nick."

"Obrigada," digo, aliviada por não estar muito longe. "Estive viajando o dia todo e só quero chegar lá e descansar."

Ele me dá um sorriso simpático. "Imagino. Vermont é um bom lugar para relaxar, você vai gostar aqui."

"Eu espero," respondo, oferecendo um pequeno sorriso em troca. "Mais uma vez, obrigada."

"Sem problema," ele diz, já voltando ao seu trabalho. "Boa sorte."

Saio da loja e sigo suas instruções, meu coração batendo forte de antecipação. É estranho estar aqui, na cidade onde minha mãe costumava viver, onde ela alugava aquela velha cabana. Eu nunca realmente visitei muito depois que cresci, sempre ocupada demais com a vida em Chicago. E agora, aqui estou eu, prestes a pegar as chaves do lugar que antes pensei que nunca veria novamente.

O escritório de corretagem é fácil de encontrar, com sua placa vermelha brilhante pendurada sobre a porta. Entro, e um pequeno sino toca como fez na loja. O escritório é pequeno, com algumas mesas e um quadro de avisos coberto de fotos de propriedades à venda. Nick está atrás de uma das mesas, digitando no computador. Ele levanta os olhos quando entro, sua expressão mudando de empresarial para simpática em um instante.

"Mia, certo?" ele diz, levantando-se e vindo ao redor da mesa para me cumprimentar. "Sou Nick. Bem-vinda a Vermont."

"Obrigada," digo, "eu... agradeço tudo o que você fez, tentando vender o lugar e tudo mais."

Nick acena, compreensivo. "Não é problema algum. A cabana é um lugar adorável. Sinto apenas que teve que ser sob tais circunstâncias."

Eu hesito por um momento, não sabendo como dar a notícia para ele. "Na verdade... eu mudei de ideia," começo, mordendo o lábio. "Sinto muito por qualquer problema que isso cause, mas decidi não vender a cabana. Pelo menos não por agora. Acho que... acho que preciso ficar lá, descobrir as coisas para mim mesma."

A expressão de Nick não muda; ele apenas acena, como se esperasse por isso. "Eu entendo completamente," diz ele suavemente. "É uma grande decisão. E é sua casa, afinal. Se você precisar de algo, não hesite em entrar em contato."

Solto um suspiro que não percebi que estava prendendo. "Obrigada, Nick. Eu realmente aprecio isso."

Ele vai até um pequeno arquivo e puxa um conjunto de chaves. "Aqui estão," diz ele, entregando-as a mim. "O lugar foi bem cuidado. Eu me certifiquei disso. Há um pouco de lenha empilhada lá fora para as noites mais frias, e os itens básicos devem estar todos lá."

Pego as chaves, sentindo seu peso na minha mão, a realidade dessa decisão finalmente se estabelecendo. "Mais uma vez, obrigada. Por tudo."

Nick sorri, seus olhos quentes de compreensão. "Leve seu tempo, Mia. Vermont tem uma maneira de ajudar as pessoas a encontrar o que estão procurando."

Aceno, sem confiar em mim mesma para falar, e me viro para sair do escritório. Do lado de fora, o sol está começando a se pôr atrás das montanhas, lançando longas sombras pela cidade. Olho para as chaves na minha mão, sentindo uma mistura de nervosismo e alívio. É isso—o começo de algo novo. Algo que, pela primeira vez, parece que pode ser exatamente o que eu preciso.

Quando chego à cabana, minhas mãos estão doendo de tanto carregar minhas malas desde o escritório de imobiliária. As alças cavaram em minhas palmas, deixando marcas vermelhas que pulsavam a cada passo. Olho para cima e vejo o pequeno edifício desgastado à minha frente—cabana da minha mãe, minha cabana agora, eu suponho. Ela parece exatamente como eu me lembro das poucas vezes que visitei quando era criança, embora pareça menor, de alguma forma. Mais frágil.

Ao me aproximar da porta da frente, percebo uma figura se movendo pelo canto do meu olho. Viro para ver uma mulher mais velha em pé na varanda da casa vizinha, me observando com olhos curiosos. Ela tem aquele olhar—como se estivesse esperando por este momento, como se toda a cidade estivesse agitada com notícias da minha chegada.

Ela me acena, educada, mas distante, e eu me forço a acenar de volta. Mas, honestamente, toda a minha educação já se foi neste ponto. Estou exausta, emocionalmente esgotada, e a última coisa que tenho energia para fazer agora é conversar com uma vizinha que provavelmente já contou metade da cidade sobre as últimas fofocas a meu respeito.

Em vez disso, ofereço a ela um sorriso fraco—mais uma grimace, na verdade—e volto minha atenção para a cabana. A chave treme ligeiramente em minha mão enquanto a deslizo na fechadura, o metal frio contra minha pele. A porta range ao abrir com um gemido, como se não tivesse sido usada em idades, e eu entro, deixando minhas malas caírem no chão de madeira desgastada.

O interior é exatamente como eu esperava—aconchegante, um pouco empoeirado, mas com um calor que de alguma forma parece familiar e estranho. A mobília é velha, mas robusta, o tipo de peças que já viram anos de uso, mas ainda se mantêm. Alguns enfeites que pertenciam à minha mãe estão espalhados pela sala—um relógio antigo na prateleira, um tapete de palha que ela provavelmente comprou em uma feira de artesanato local. É como se eu estivesse voltando a uma parte da minha vida que quase esqueci, uma parte que estava esperando meu retorno.

Fecho a porta atrás de mim e me encosto nela, finalmente permitindo-me exalar. O peso das últimas semanas me atinge de uma só vez, e sinto que estou afundando no chão. Meu corpo está cansado, tão cansado, de toda a tensão, de todas as emoções que têm se agitado dentro de mim. As oscilações foram implacáveis, como uma tempestade da qual não consigo escapar, e agora que estou aqui, em pé nesta cabana silenciosa, é como se toda a energia tivesse esgotado de mim.

Forço-me a me mover, a dar alguns passos mais para dentro da sala, mas cada parte de mim só quer desabar. Preciso me deitar, fechar os olhos e tentar recuperar o fôlego. Essa mudança toda, essa mudança abrupta, deveria me ajudar a encontrar um pouco de paz, mas agora, tudo o que está fazendo é me mostrar o quão desgastada eu me tornei.

Chego ao sofá e praticamente caio nele, deixando os almofadões macios me acolherem. Meus músculos doem, minha mente é um turbilhão de pensamentos que não consigo desembaraçar, e tudo o que quero é fechar os olhos e escapar por um tempo. Apenas uma soneca, digo a mim mesma. Apenas o suficiente para me acalmar, para me deixar reiniciar antes de ter que lidar com qualquer outra coisa.

Me enrosco no sofá, puxando uma manta sobre mim, e deixo minhas pálpebras se fecharem. A cabana está silenciosa, aquele tipo de silêncio que parece quase paralisante, perfeito demais, após o barulho constante da cidade. É inquietante, de certa forma, mas é exatamente o que preciso agora. Uma pausa de tudo. Uma chance de apenas... ser.

Mas mesmo enquanto eu adormeço, minha mente não consegue se soltar completamente. A tensão persiste, uma opressão no meu peito que se recusa a aliviar. É como se meu corpo estivesse segurando todo o estresse, todo o medo, e nenhuma quantidade de respiração profunda vai fazer isso desaparecer. Eu fiz esse grande salto, essa decisão de recomeçar, mas as dúvidas ainda estão lá, espreitando sob a superfície.

E se isso não funcionar? E se eu estiver apenas fugindo, como Louise disse? E se eu não for forte o suficiente para enfrentar tudo o que está me esperando aqui?

Eu fecho os olhos com força, desejando que os pensamentos parem. Não posso me permitir pensar assim—não agora, não depois de ter chegado tão longe. Tenho que acreditar que essa é a decisão certa, que vir aqui foi o primeiro passo em direção a algo melhor. Algo que possa realmente me ajudar a curar.

Mas à medida que meu corpo afunda mais fundo no sofá, e o cansaço finalmente começa a me puxar para baixo, não posso deixar de sentir que a verdadeira batalha está apenas começando. E não tenho certeza se estou pronta para isso.

...

Acordo com o latido agudo e incessante de cães do lado de fora, seguido pelo alvoroço frenético de pássaros levantando voo. Meus olhos se abrem rapidamente, e por um momento desorientador, eu esqueço onde estou. Os sons estranhos me despertam completamente, arrastando-me para fora dos restos nebulosos do sono. É cedo demais para esse tipo de caos.

"Que pesadelo," resmungo, esfregando os olhos e me sentando. O quarto está banhado pela suave luz da manhã, mas tudo o que consigo focar é no barulho lá fora. O latido é implacável, como um alarme que não consigo desligar. Eu gemi ao balançar as pernas para o lado do sofá, meu corpo protestando a cada movimento. A paz que esperava encontrar nesta cabana silenciosa já está sendo destruída pela realidade da vida rural.

Relutantemente, me levanto e caminho em direção à janela. O piso de madeira range sob meus pés, o som surpreendentemente alto na quietude do quarto. Ao puxar a cortina, sou recebida pela visão de meus novos vizinhos, já fora de casa. Um está passeando com um par de cães entusiasmados, suas coleiras emaranhadas nas mãos do dono enquanto puxam em direção a um bando de pássaros assustados. Outro vizinho, uma mulher com um chapéu de jardinagem, está cuidando das flores em frente à sua varanda, suas mãos mergulhadas na terra.

Antes que alguém me perceba, rapidamente solto a cortina e recuo da janela, uma onda de ansiedade me invadindo. Meu coração dispara no peito, um lembrete físico de quão fora do lugar ainda me sinto aqui. Não estou pronta para conversas triviais ou apresentações, não estou pronta para responder perguntas sobre por que me mudei para cá ou para ouvir os comentários educados sobre como estou "aguentando". Eu só preciso de um espaço, de um tempo para me ajustar a essa nova vida antes de ter que enfrentar mais alguém.

Viro-me para longe da janela, recuando para a segurança do meu novo lar. É cedo demais para isso. Cedo demais para conversas, para sorrisos forçados, para fingir que tudo está bem.

Antes que eu possa realmente me refugiar no conforto da minha solidão, a campainha toca, cortando o silêncio como uma lâmina afiada. Eu congelo, todos os músculos do meu corpo se tensionando ao ouvir o som. Por um segundo, considero ignorar, fingir que não estou em casa, mas sei que isso não é uma opção. Eles provavelmente me viram na janela.

"Droga!" xingo baixinho, odiando ter que me forçar a uma situação social para a qual não estou preparada. Meu coração afunda ao perceber que não há como escapar. "Por que eu tive que olhar pela janela?" resmungo, soltando uma risada sem humor. "Claro que eles me viram. Bem-vinda à vida de cidade pequena, Mia."

Resignada ao meu destino, empurro-me para longe da mesa e vou em direção à porta, meus passos pesados e relutantes. A cada passo, me preparo para as gentilezas forçadas que estou prestes a suportar, já exausta só de pensar em sorrir e fazer pequenas conversas.

Ao abrir a porta, sou recebida pela visão de um casal de idosos em pé na minha varanda, ambos com sorrisos calorosos e acolhedores. O homem é alto e ligeiramente curvado, com uma espessa cabeleira branca, e a mulher ao seu lado é mais baixa, com os cabelos prateados bem arrumados sob um lenço floral. Entre eles, seguram uma grande cesta de vime cheia do que parecem ser produtos caseiros—pão recém-assado, potes de conservas e um buquê de flores.

"Olá!" diz o homem, sua voz cheia de bondade. "Só queríamos vir e dar as boas-vindas a você em Maple Ridge."

Eu forço um sorriso, sentindo o peso da situação se instalar sobre meus ombros. "Obrigada," respondo, tentando manter meu tom educado e firme.

Os olhos da mulher se suavizam ao me olhar, seu sorriso gentil. "Você é a filha da Elizabeth?" ela pergunta, sua voz carregada de curiosidade e algo mais—simpatia, talvez.

Eu aceno, engolindo o nó na minha garganta. "Sim, sou eu. Eu sou Mia."

Uma onda de compreensão passa entre o casal, e o homem se inclina ligeiramente para frente, sua expressão tornando-se solene. "Sentimos muito pela sua perda," ele diz suavemente. "Elizabeth foi uma mulher maravilhosa e significou muito para nós."

"Ela foi especial para todos nesta cidade," acrescenta a mulher, sua voz terna. "Ela até nos deixou ficar na cabana uma vez quando estávamos fazendo reparos na nossa casa. Queríamos trazer algo como boas-vindas—e para que você soubesse que, se precisar de algo, estamos logo ao lado."

Olho para a cesta que eles estão segurando, o peso da bondade deles me pressionando. É avassalador, esse influxo repentino de calor e apoio de estranhos que conheceram minha mãe melhor do que eu. Por um momento, luto para encontrar as palavras certas, minhas emoções emaranhadas em uma confusão de gratidão e luto.

"Obrigada," consigo dizer, minha voz mal acima de um sussurro. "Isso é... realmente gentil da parte de vocês."

A mulher estende a mão e gentilmente aperta minha mão, seu toque reconfortante. "Você não está sozinha aqui, Mia. Se precisar conversar ou apenas de alguém por perto, estamos aqui."

Eu aceno, minha garganta se apertando enquanto luto contra as lágrimas que ameaçam transbordar. "Agradeço por isso. Realmente, agradeço."

Eles sorriem, e o homem me entrega a cesta. "Não vamos te manter por muito tempo, mas só queríamos ter certeza de que você soubesse que é bem-vinda aqui."

"Obrigada," repito, sentindo uma mistura de alívio e desconforto com o cuidado genuíno que estão me mostrando.

Ao se virarem para ir embora, a mulher olha para trás para mim. "E lembre-se, Mia—se precisar de qualquer coisa, não hesite em vir. Estamos felizes em ajudar."

Com isso, eles me dão um último sorriso caloroso antes de voltar para sua casa. Fico na porta, segurando a cesta contra meu peito, e os observo partir. Assim que desaparecem de vista, fecho a porta e me encosto nela, exalando um longo suspiro.

"Bem, isso foi... algo," murmuro para mim mesma, tentando processar o encontro. Por mais que eu odiasse a ideia de interagir com alguém, não posso negar que a bondade deles deixou um pequeno brilho quente em meu peito.

Talvez este lugar não seja tão ruim depois de tudo.

Fecho a porta suavemente e imediatamente olho pelo olho mágico, meu coração ainda acelerado pela interação inesperada. Vejo o casal se afastando, suas figuras diminuindo à medida que voltam para sua casa. Uma parte de mim odeia admitir, mas eles realmente eram pessoas boas, se esforçando para me acolher assim. Mas mesmo enquanto reconheço a bondade deles, uma ponta amarga persiste dentro de mim, uma raiva que me mantém trancada longe do mundo. É como se algo profundo dentro de mim ainda estivesse agarrado à dor, recusando-se a deixar ir, me tornando indisponível para a vida que acontece do lado de fora dessas paredes.

Estou prestes a me afastar da porta quando um movimento chama minha atenção. O cara de antes—aquele que me deu direções—está caminhando pela rua, sua figura alta vestindo uma camisa xadrez vermelha. Ele está segurando algumas sacolas de compras, e há algo na maneira como ele se move, tão casual e à vontade, que desperta minha curiosidade. Meus olhos se estreitam levemente enquanto o observo, me perguntando para onde ele está indo.

Ele passa pela minha casa e sobe os degraus da varanda da mesma casa que o casal de idosos acabou de entrar. Minha respiração se prende ligeiramente ao perceber que ele pode morar lá também. Por um momento, fico paralisada, meus pensamentos girando com perguntas. Ele mora com eles? É um parente, ou apenas alguém ajudando?

Eu o observo enquanto ele abre a porta e desaparece dentro, a pesada porta de madeira se fechando atrás dele com um suave baque. Minha mente corre, tentando juntar essa nova informação. Parece que cada novo detalhe sobre esta cidade e seus habitantes me puxa mais fundo em uma teia de curiosidade e conexões que eu não esperava encontrar.

Me afasto da porta, a imagem do homem na camisa xadrez vermelha pairando em minha mente. Não posso deixar de me perguntar qual é a sua história—como ele se encaixa nas vidas das pessoas ao meu redor, e por que, por alguma razão, ele conseguiu chamar minha atenção mais do que qualquer outra pessoa que encontrei até agora.

Mas antes que eu possa me perder muito nisso, sacudo a cabeça, tentando limpar meus pensamentos. Tenho o suficiente para lidar sem adicionar mais mistérios à mistura. No entanto, mesmo enquanto me digo para deixar isso de lado, uma pequena parte de mim não consegue evitar sentir um puxão de curiosidade—uma atração pela vida que estou tentando tanto manter à distância.

CAPÍTULO 4

O despertador de Mia zuniu alto ao lado de sua cama, puxando-a de um sono cheio de sonhos para o ar frio da manhã em Maple Ridge. Ela ficou deitada por um momento, emaranhada em seus lençóis, os vestígios de seus sonhos pairando como névoa. Hoje era seu primeiro dia na Galeria Maple Ridge, e o borbulhar de borboletas em seu estômago a fez hesitar antes de finalmente balançar as pernas para fora da cama.

Ela se vestiu com jeans confortáveis e um suéter macio que a envolvia calorosamente contra o frio do outono que penetrava pelas paredes de sua cabana. Com uma respiração profunda, pegou sua bolsa, seu caderno de esboços espreitando—um hábito de uma vida passada que ela ainda não havia deixado ir.

A galeria ficava a uma curta caminhada de sua cabana, aninhada no coração do centro de Maple Ridge. À medida que Mia se aproximava, seus olhos absorviam as exibições vibrantes através das largas janelas da frente—pinturas abstratas se chocavam com paisagens serenas, e esculturas que pareciam torcer a realidade com suas curvas e ângulos. Era como entrar em outro mundo, um muito mais colorido e ousado do que o que ela conhecera em Chicago.

Entrei na Galeria Maple Ridge, e a mistura eclética de cores e texturas imediatamente chamou minha atenção. Era meu primeiro dia, e o borbulhar no meu estômago parecia como se um enxame de borboletas estivesse tentando escapar.

"Bem-vinda, Mia! Oh, estou tão feliz que você está aqui. Há algo mágico em adicionar uma nova pincelada à nossa pequena tela de comunidade," Lila entusiasmou-se, seus braços varrendo o ar como se estivesse pintando as palavras no espaço ao nosso redor.

“Obrigada por me receber, Lila. É um lugar realmente inspirador que você tem aqui,” respondi, minha voz tingida com a excitação nervosa de entrar em um novo capítulo.

Lila riu, um som tão leve e envolvente quanto o tilintar de sinos de vento. “Oh, querida, ‘inspirador’ é apenas o começo. Venha, deixe-me mostrar-lhe ao redor. Há um pulsar neste lugar, um ritmo que você logo dançará também.”

Enquanto vagávamos pela galeria, Lila apontava diversas peças—abstratos que atraíam o olhar em redemoinhos de cor, retratos em preto e branco que pareciam olhar para a alma de alguém, e esculturas que torciam metal e vidro em formas impossíveis.

“Cada peça conta uma história, você sabe,” continuou Lila, parando diante de uma pintura vibrante que chamou minha atenção. “Como esta aqui. O artista começou a pintar depois de uma década em um emprego de escritório monótono. Disse que a arte era sua maneira de gritar sem fazer barulho.”

Eu me vi atraída pelos turbilhões tumultuosos da pintura, sentindo uma afinidade com o anseio não declarado do artista. "É incrível," murmurei.

"Não é mesmo? Mia, você já se aventurou na arte? Seus olhos me dizem que há um poço de histórias esperando para transbordar."

Eu hesitei, minhas experiências passadas com a arte sendo uma mistura de experimentação juvenil e resignação adulta. "Eu costumava fazer muitos esboços. E pintar um pouco. Mas já faz anos desde que fiz algo sério."

Lila parou e me encarou, sua expressão séria. "Por que não começar de novo? Aqui, conosco? Não há lugar melhor para redescobrir sua paixão, e não há hora melhor do que agora."

A ideia era ao mesmo tempo aterrorizante e tentadora. "Eu nem saberia por onde começar," admiti, sentindo as antigas inseguranças surgirem à tona.

"Comece pelo começo. Aqui, deixe-me mostrar algo." Lila me levou a um pequeno canto ensolarado da galeria que eu não havia notado antes. Contra a parede de fundo havia um cavalete com uma tela em branco, uma paleta de cores esperando ao lado.

"Veja isso? É seu se você quiser. Pense nisso como seu playground. Sem regras, sem expectativas. Apenas você e algumas salpicadas inofensivas de tinta."

Eu encarei a tela em branco, um símbolo tanto de oportunidade quanto de incerteza. "Não sei, Lila. Faz tanto tempo. E se eu não conseguir criar nada que valha a pena?"

Lila colocou uma mão em meu ombro, seu toque leve, mas reconfortante. "A arte não é sobre valor, Mia. É sobre expressão. É sobre pegar o que está dentro e deixá-lo sair da forma mais colorida, caótica ou calma que você puder. Valor é para críticos e nós não somos críticos aqui. Somos criadores."

Suas palavras, simples mas profundas, despertaram algo dentro de mim. Talvez fosse a sinceridade em sua voz ou o empurrão gentil que ela me deu, mas algo me impulsionou a me aproximar do cavalete.

"Ok," eu disse, um sorriso hesitante se formando. "Ok, vou tentar."

"Esse é o espírito!" Lila exclamou, batendo palmas alegremente. Ela me entregou um pincel, seus olhos brilhando de encorajamento. "Apenas deixe ir, Mia. Dance com as cores. Não há certo ou errado aqui."

Enquanto mergulhei o pincel na primeira cor—um azul ousado e sem desculpas—senti uma porta antiga dentro de mim ranger ao abrir. O pincel parecia desconhecido em minha mão, mas no momento em que tocou a tela, uma sensação de acerto me invadiu.

Lila observou por um momento e então disse: "Vou deixar você à vontade. Apenas grite se precisar de algo. E lembre-se, isso é tudo seu para explorar."

Sozinha com a tela, deixei o pincel vagar, cada pincelada suavizando os anos de negligência. As cores se misturaram na tela—azuis em verdes, vermelhos em roxos. A cada minuto, minhas pinceladas se tornaram mais ousadas, mais confiantes.

Horas pareciam passar em um piscar de olhos. Eu estava tão absorta na minha pintura que não ouvi Lila voltar.

"Olhe para você, Mia! Isso é absolutamente maravilhoso. Como você se sente?" A voz de Lila interrompeu minha concentração.

Eu dei um passo para trás, observando o caos de cores e formas que havia criado. Não era uma obra-prima, mas era minha. "Eu me sinto... liberada, eu acho. Como se estivesse prendendo a respiração e não soubesse até agora."

"Esse é o poder de deixar ir, minha querida. Você desbloqueou algo hoje. Mantenha essa chave perto; você nunca sabe quando vai precisar dela novamente," Lila disse, sua voz suave, seu conselho velado em mistério, mas claro em intenção.

Eu acenei, sentindo uma profunda gratidão pela estranha reviravolta do destino que me levou a esta galeria, a Lila, e de volta a uma parte de mim que pensei ter perdido para sempre.

"Obrigada, Lila. Por esta chance," eu disse, minha voz embargada de emoção.

"Oh, Mia, obrigada por abraçá-la. Continue, continue explorando. Quem sabe onde essa jornada te levará?" As palavras de Lila eram uma bênção, um envio a novos reinos de possibilidade.

Enquanto ela me deixava com meus pensamentos e minha tela, percebi que hoje não era apenas sobre reacender um antigo hobby; era sobre reivindicar uma parte da minha alma. A galeria, com suas inúmeras formas e cores, parecia um mapa, e eu havia dado apenas o primeiro passo em um novo mundo.

Com o cheiro das tintas ainda pairando no ar e meu coração palpitando com uma nova empolgação, continuei a explorar as pinceladas que pareciam vir mais naturalmente agora. Quando a luz da tarde começou a diminuir, Lila voltou, carregando duas xícaras fumegantes de chá. Ela colocou uma ao meu lado sem interromper meu foco.

"Você sabe, Mia, é assim que novas jornadas começam," Lila começou, tomando um gole de seu chá enquanto assistia a tela evoluir. "Com um único passo, ou no seu caso, uma pincelada."

Eu ri levemente, deixando o pincel de lado por um momento. "É estranho, como encontrar um velho amigo que não vejo há anos. Não sei o que dizer, ou se eles ainda gostariam de mim."

"Essa é a beleza da arte, Mia. Ela está sempre pronta para te receber de volta, sem julgamentos." O tom de Lila era reconfortante, reforçando o santuário que eu havia começado a sentir na galeria. "Diga-me, o que fez você parar de pintar antes?"

A pergunta me fez hesitar, as antigas dúvidas ressurgindo. "A vida, eu acho. Comecei a acreditar que não era boa o suficiente, e então... era mais fácil não enfrentar aquele fracasso."

Lila assentiu com compreensão. "O medo do fracasso é um poderoso silenciador. Mas olhe para você agora, enfrentando esses medos. Isso não é apenas pintura; isso é lutar contra dragões."

A imagem me fez sorrir. "Dragões, hein? Parece certo."

Lila se inclinou mais perto, sua voz caindo em um sussurro conspiratório. "Todo artista luta contra eles. Mas aqui está um segredo: cada pincelada é um golpe de espada. Você não está apenas criando; você está conquistando."

Suas palavras despertaram algo dentro de mim, uma centelha de desafio contra as dúvidas e os dragões. "Eu gosto disso. Pintar como uma forma de batalha."

"Sim, e toda batalha precisa de uma estratégia. Você já pensou sobre o que gostaria de tentar a seguir?" A pergunta de Lila redirecionou meus pensamentos para projetos futuros, para possibilidades.

Eu considerei, meu olhar vagando sobre as cores. "Talvez algo maior. Sinto que comecei algo aqui que não deveria deixar inacabado."

"Então você terá sua tela, guerreira," Lila declarou, levantando-se para buscar uma tela maior. Ela voltou com uma substancial, apoiando-a contra a parede. "Aqui, um novo campo de batalha."

Ficar diante da tela maior parecia diferente, intimidador, mas emocionante. "É intimidador," admiti, tocando a superfície em branco.

"A maioria dos desafios que valem a pena é." A afirmação de Lila foi um empurrão, me incentivando a entrar na arena. "Por que você não começa com algo do seu coração? Algo pessoal?"

Meus pensamentos passaram por memórias, ideias, emoções—todos os ingredientes da arte significativa. "Acho que vou tentar uma paisagem," eu disse finalmente. "Uma que combine elementos do meu passado com as texturas do meu presente."

"Escolha linda," Lila aprovou, puxando um banquinho para se sentar ao meu lado. "Comece com pinceladas amplas. Defina a cena, estabeleça a base e então traremos os detalhes."

Enquanto eu misturava as primeiras tonalidades, Lila continuou a me guiar, sua presença sendo tanto um escudo quanto um catalisador. "Pense nas cores do seu passado, Mia. Quais tonalidades você usaria?"

"Cinzas e azuis, eu suponho," comecei, meu pincel hesitando apenas acima da tela. "Eram cores calmas, um tanto melancólicas."

"E agora? Quais cores representam seu presente?"

Mergulhei meu pincel em tons mais quentes—um laranja suave, um verde vibrante. "Estas são novos começos, crescimento e calor."

"Veja, você não está apenas pintando uma paisagem, Mia. Você está contando sua história." A observação de Lila fez o processo parecer ainda mais significativo.

As horas escorriam enquanto conversávamos e pintávamos. Lila compartilhava histórias de outros artistas que haviam trilhado caminhos semelhantes, de triunfos e fracassos, de retiros e retornos. Cada conto tecido na história da galeria, e agora, na minha própria.

"O que dizer do futuro, Mia?" Lila perguntou enquanto a paisagem começava a tomar forma, o passado e o presente se fundindo em um vibrante tableau.

Eu pausei, considerando sua pergunta. "Acho que usaria cores mais brilhantes, ousadas e esperançosas. Talvez seja isso que o futuro reserva."

"Adicione-as," Lila encorajou, apontando para uma gama de tintas brilhantes. "Deixe o futuro infundir seu presente. A arte é atemporal dessa forma."

Enquanto eu misturava o futuro na minha paisagem, a tela não parecia mais apenas um pedaço de tecido, mas um portal, um vislumbre de uma jornada de redescoberta. A presença de Lila, sua mentoria, transformava a experiência em algo quase sagrado—um rito de passagem de volta ao mundo da criatividade que eu havia deixado para trás, mas estava agora reclamando.

"Você fez algo maravilhoso hoje, Mia," Lila disse enquanto nos afastávamos para ver a obra quase finalizada. "Não apenas por esta tela, mas por você mesma."

Suas palavras, simples mas profundas, cimentaram um sentimento de realização dentro de mim. Eu havia cruzado para um reino que pensava estar perdido, guiada por uma mentora que viu em mim o que eu havia deixado de ver em mim mesma.

"Obrigada, Lila. Por tudo." Minha gratidão era profunda, genuína.

"Oh, o prazer é todo meu," Lila respondeu com um sorriso. "E isso é apenas o começo. Quem sabe o que você criará a seguir?"

Quando o dia chegava ao fim, e as sombras se alongavam pelo chão da galeria, eu guardei meus pincéis, a paisagem pintada um testemunho de uma batalha lutada e vencida. Lila estava certa; isso era apenas o começo. A jornada de volta para mim mesma, para minha arte, tinha muitas mais telas para preencher, muitos mais dragões para conquistar. Mas por enquanto, eu havia dado o primeiro passo crucial.

Ao deixar a galeria naquela noite, meus passos pareciam mais leves, como se eu estivesse flutuando um pouco acima do chão. O ar ao meu redor, geralmente gelado com o cair da noite, parecia mais quente, carregado de um potencial que eletrificava meus sentidos. As imagens das pinturas do dia giravam em minha mente—um caleidoscópio de cores vibrantes, formas ousadas e linhas emotivas, todas encorajando um crescente senso de coragem dentro de mim.

O caminho para minha cabana serpenteava pelas ruas pitorescas de Maple Ridge, o pôr do sol pintando o céu em pinceladas de laranja e rosa. Cada pincelada de nuvem parecia ecoar a arte que eu deixara para trás na galeria. As palavras de Lila se repetiam como um mantra suave, reforçando a confiança que havia sido meticulosamente tecida em minha psique ao longo do dia. A voz uma vez formidável do medo agora murmurava quietamente ao fundo, abafada pelo coro ressonante da minha nova bravura.

Quando virei a chave e entrei na minha cabana, o cheiro familiar de lar me cumprimentou—uma mistura de madeira antiga e o leve traço de lavanda de uma vela que eu acendera na noite anterior. O espaço era aconchegante, um refúgio pessoal que agora parecia convocar novas possibilidades. Em vez de me estabelecer na minha rotina noturna habitual, senti uma energia, incapaz de resistir ao chamado do caderno de esboços que estava em minha pequena mesa desordenada.

Sentando-me, abri a capa. As páginas estavam cheias de rabiscos e desenhos, ecos de uma paixão que havia estado dormente, mas nunca verdadeiramente esquecida. Virei para uma página em branco, a superfície limpa encarando-me como um desafio. Minha mão não tremia como poderia ter tremido dias atrás. Em vez disso, sentia-se firme, empoderada pelas revelações e conquistas do dia.

Com um lápis, comecei a esboçar. As linhas fluíam da minha mão sem esforço, como se estivessem sendo guiadas por uma força além da minha própria habilidade recém-descoberta. Eu desenhei a partir da memória da arte do dia, permitindo que cada linha fosse influenciada pelas pinceladas ousadas de uma pintora que eu admirava ou pelo sombreamento sutil de uma escultura que havia chamado minha atenção. Meu próprio estilo começou a emergir, uma síntese das minhas observações e criatividade intrínseca.

À medida que o esboço tomava forma, percebi que estava conceptualizando além de meras linhas. E se isso pudesse ser mais do que apenas um desenho? E se pudesse se transformar em uma pintura para a próxima exposição? A ideia era tanto emocionante quanto aterrorizante. No entanto, o medo agora era um estímulo, me impulsionando em vez de me segurar.

O esboço retratava uma cena de Maple Ridge—vista da janela da galeria onde o mundo moderno do lado de fora contrastava com a alma antiga da arte dentro. Edifícios renderizados com precisão quase arquitetônica, justapostos a representações impressionistas ondulantes da vibrante vida nas ruas. Simbolizava minha própria jornada—estruturada, mas caótica, emergindo de uma confluência de influências passadas e presentes.

À medida que continuei a adicionar detalhes, o ambiente ao meu redor parecia desaparecer, deixando apenas o mundo brilhante da minha imaginação. Eu estava absorvida, perdida no ato de criação, cada pincelada uma palavra em uma história visual que eu apenas começava a contar.

Horas passaram despercebidas. A única indicação do tempo passando era a luz que mudava à medida que o sol se punha no horizonte, substituído pelo suave brilho da minha lâmpada de mesa. Quando o esboço estava completo, recostei-me na cadeira, um alongamento satisfatório aliviando a rigidez nos meus ombros. O desenho na página me olhava de volta, uma manifestação tangível da mudança interna.

Mas um esboço era apenas o começo. Amanhã, eu começaria a pintar. O pensamento provocava um tremor de excitação misturado com nervosa antecipação. Eu poderia traduzir a vibrância do meu desenho em tinta? Dúvidas pairavam, mas agora eram desafios a serem superados, não barreiras intransponíveis.

Naquela noite, antes de ir para a cama, registrei tudo em meu diário—o medo, a emoção, os triunfos silenciosos e os momentos de dúvida. Escrevi sobre a mentoria de Lila, suas palavras encorajadoras, e como a galeria havia se sentido como um novo lar. Anotei as ideias para minha pintura, especulando sobre técnicas e cores.

Deixando de lado meu caderno de esboços e os pensamentos sobre o desafio de pintura de amanhã, senti a necessidade de um ato simples e aterrador—fazer chá. Era um ritual que sempre trazia conforto, o calor da água, o aroma suave das folhas de chá infundindo. Era um final apropriado para um dia marcado pela rejuvenescimento e novos começos. Na cozinha, enchi a chaleira e a coloquei no fogão, observando enquanto as chamas lambiam a parte inferior e produziam pequenos sons no quarto silencioso.

Enquanto a água esquentava, vaguei pela pequena espaço, meus dedos traçando as bordas pitorescas e ligeiramente gastas do balcão. Tudo nesta cabana falava de uma vida que era tanto simples quanto profundamente texturizada. A chaleira apitou, pronta, e eu despejei a água fervente sobre as folhas, o aroma herbal subindo para me encontrar. Colocando a xícara na mesa para esfriar, decidi que era hora de me acalmar completamente.

No andar de cima, meu quarto me acolheu com seu abraço familiar e reconfortante. Tirei meu pijama, macio e desgastado pelo uso de muitas noites, e comecei a trocar de roupa, cada movimento automático e rotineiro. Justo quando estava colocando minha blusa de pijama, um movimento do lado de fora da janela chamou minha atenção. Curiosa, olhei para fora, não esperando muito mais do que a visão da cidade sonolenta se acomodando para a noite.

Lá estava ele, no entanto—o homem a quem pedi direções no outro dia, quando me aventurei pela primeira vez no coração de Maple Ridge. A memória de seu comportamento caloroso e amigável passou pela minha mente enquanto o observava agora, alheio e se movendo pelo seu quarto. Ele estava sem camisa, trocando de roupa com as cortinas abertas para o mundo—ou pelo menos para a minha vista acidental.

Ele era mais musculoso do que eu esperava de alguém de uma cidade tão pequena, seus ombros largos e bem definidos sob a suave iluminação do quarto. Uma quantidade surpreendente de pelos corporais cobria seu peito, acrescentando à imagem rústica que parecia em desacordo com a personalidade gentil que ele havia projetado. Em um pequeno e envergonhado movimento, tropecei para trás, batendo levemente contra a parede. Um calor de embaraço inundou minhas bochechas, grata por ele não ter visto minha espionagem desajeitada.

Apesar de mim mesma, a curiosidade me impeliu a espiar mais uma vez. Cuidadosamente, mal respirando, voltei à janela, bem a tempo de vê-lo se virar. Nossos olhos se encontraram, e eu congelei, aterrorizada. Uma risada tímida e respeitosa escapou dele enquanto ele rapidamente pegava uma camisa e a colocava sobre a cabeça, seus olhos ainda brilhando de diversão.

"Oh, claro, você é idiota, Mia," murmurei para mim mesma, afastando-me da janela com um som de finalização contra o chão. "Você não deveria estar se fazendo de tola a essa hora."

O quarto de repente parecia pequeno demais, as paredes testemunhas da minha ridicularidade. Corri escada abaixo, minha tranquilidade anterior substituída por um embaraço ardente que fazia a pele arder. Meu chá, agora perfeitamente frio, ficou esquecido na mesa enquanto eu andava de um lado para o outro, tentando afastar a imagem de sua risada e o fato mortificante de que ele me pegou olhando.

Incapaz de ficar parada, peguei o chá e bebi alguns goles, esperando que a mistura herbal acalmasse meus nervos. Não funcionou. Minha mente corria com cada possível cenário para nosso próximo encontro. Ele mencionaria esse momento constrangedor? Eu deveria pedir desculpas, ou isso tornaria tudo pior?

Com um profundo suspiro, coloquei a xícara de volta na mesa, o líquido balançando levemente para fora dos lados. O sono era um sonho distante agora, meu embaraço alimentando uma energia inquieta que nenhuma quantidade de chá poderia acalmar. Eu precisava de ar, uma brisa noturna para esfriar minhas bochechas aquecidas e talvez restaurar um pouco da minha dignidade perdida.

Colocando um par de sapatos, abri a porta dos fundos silenciosamente e saí para a noite fresca. O jardim estava banhado pela luz da lua, cada planta projetando sombras estranhas no chão. Caminhei sem rumo entre os canteiros de flores, o ar noturno fresco contra minha pele.

O espaço físico ajudou a desfazer meus pensamentos. Era apenas um momento, pensei, uma pequena escorregada boba que não significava nada no grande esquema. Ele havia rido, e eu também faria. Até amanhã, seria um leve rubor em minha memória, mais uma história para adicionar à tela da minha vida aqui em Maple Ridge.

CAPÍTULO 5

JAKE HARPER

Após o trabalho do dia, a calma reconfortante da noite era exatamente o que eu precisava. Os músculos das minhas costas doíam pela construção no centro comunitário, uma boa e honesta dor que me dizia que eu havia feito um dia de trabalho completo. Há uma simplicidade na vida em Maple Ridge que acalma a alma, um contraste e tanto com a vida agitada da cidade que deixei para trás.

Tirei minha camisa de trabalho, planejando um rápido chuveiro antes de dormir. Meu quarto, iluminado pela luz que se apagava do crepúsculo e pelo suave brilho de um lampião próximo, era meu refúgio. Enquanto me esticava, tentando aliviar a tensão nos meus ombros, fui em direção à janela para um pouco de ar fresco antes de fechá-la para a noite. Foi quando notei um movimento do outro lado da rua.

Inclinando-me para frente, vi que era aquela mulher, a que pedira direções no outro dia. Meus avós mencionaram uma nova garota na cidade, provavelmente a mesma pessoa. Ela parecia estar olhando diretamente para minha janela, sua expressão era de leve curiosidade que se transformou em surpresa repentina.

Percebendo que estava ali meio vestido, um rápido rubor de embaraço cruzou meu rosto. Foi um erro honesto, comum na abertura descontraída da nossa cidade, mas ainda assim, parecia um pouco estranho ser pego em um momento tão desprotegido. Peguei minha camisa e a coloquei sobre a cabeça, esperando me cobrir rapidamente e poupar a ela qualquer embaraço adicional.

Ela pareceu recuar de repente, afastando-se da janela com o que parecia uma mistura de choque e constrangimento. Não pude deixar de soltar uma risadinha silenciosa—não para zombar, mas em um reconhecimento leve do estranhamento que acabáramos de compartilhar. Em Maple Ridge, você aprende rapidamente que todos têm uma história, e encontros inesperados como esse muitas vezes se tornam os primeiros fios de novas amizades.

Ainda não sabia seu nome, nem podia ouvir o que ela poderia estar murmurando para si mesma a essa distância, mas a cena parecia uma comédia silenciosa se desenrolando bem na hora de dormir. Sacudindo a cabeça com um sorriso, decidi dar a ela um aceno amigável e uma onda, sinalizando que não havia mal algum.

Após o breve embaraço de ser visto meio vestido por uma vizinha, ignorei e fui para o banheiro para um chuveiro muito necessário. O fluxo quente de água foi um alívio bem-vindo, lavando os vestígios de um longo dia e a breve interação um tanto constrangedora de momentos atrás.

Sob o spray quente do chuveiro, meus pensamentos inevitavelmente flutuaram para o encontro. Não se tratava tanto da mulher que eu havia visto na janela—era mais sobre o que tais momentos significavam. Havia se passado alguns meses desde meu término, e enquanto a solidão havia sido um bálsamo, essas pequenas interrupções serviam como lembretes de que eu ainda estava me ajustando à vida de solteiro em uma cidade pequena onde a privacidade era uma ilusão querida.

Maple Ridge era tranquila, o tipo de lugar onde todos conheciam seus negócios, quer você quisesse ou não. Era tanto uma maldição quanto um consolo, a proximidade da comunidade um contraste gritante com a agitação impessoal da vida na cidade que eu havia deixado para trás. Aqui, um vislumbre acidental através de uma janela poderia se tornar o assunto da semana. Eu não estava pronto para ser o assunto da fofoca local, nem estava ansioso para entrar em algo que se parecesse com um novo relacionamento.

Concentrei-me na sensação da água, deixando-a limpar minha mente. Os vestígios físicos do meu dia—poeira do canteiro de obras, o suor do esforço—lavaram-se, mas os vestígios psicológicos permaneceram. Eu não estava solitário, exatamente. Eu estava em uma fase de redescoberta, aprendendo quem eu era fora do contexto de uma parceria que havia definido grande parte da minha vida recente.

Quando desliguei o chuveiro, o ar fresco do banheiro me envolveu, trazendo-me de volta ao presente. Sequei-me, vesti roupas confortáveis de casa e olhei para meu reflexo no espelho. Meu rosto me encarava, um pouco desgastado, um pouco cansado, mas mais forte por isso.

Saindo do banheiro, decidi evitar qualquer outro encontro potencial pela janela naquela noite. A cozinha parecia um destino mais seguro e menos movimentado. Eu precisava de uma bebida—uma cerveja gelada para encerrar o dia parecia certo. Enquanto descia as escadas silenciosamente para a cozinha, pensei sobre a dinâmica da pequena cidade. Todos aqui pareciam se entrelaçar nas vidas uns dos outros com tanta facilidade, mas eu ainda estava encontrando meu equilíbrio.

Na cozinha, peguei uma cerveja da geladeira e me inclinei contra o balcão, saboreando o primeiro gole gelado. O silêncio da casa me envolveu, um lembrete gritante da solidão que eu havia aprendido a apreciar. Eu não era antissocial de forma alguma, mas após meu término, o silêncio se tornara um companheiro necessário.

Pensei na mulher, não com interesse particular, mas sim como parte dessa nova tapeçaria da vida em Maple Ridge da qual eu estava lentamente me tornando parte. Talvez amanhã, eu a visse pela cidade, talvez oferecesse um aceno de reconhecimento—um acordo silencioso de embaraço mútuo e o pacto não falado dos residentes de pequenas cidades que, inadvertidamente, sabiam um pouco demais uns sobre os outros.

Após fechar a porta da geladeira com um clique suave, cerveja em mãos, subi novamente. A casa estava silenciosa, o tipo de silêncio que amplifica cada pequeno som—o tique-taque do relógio, o latido distante de um cachorro, o rangido das escadas de madeira sob meus pés. Fiz meu caminho até meu quarto, um espaço que ainda estava permeado com vestígios da minha vida passada, de uma existência compartilhada que havia terminado não com um estrondo, mas com um gemido.

Sentando na beirada da minha cama, tomei um longo gole da cerveja gelada, sentindo o amargor na língua e o frio descendo pela garganta. Era refrescante, mas não fazia muito para lavar a pesadez que havia se instalado dentro de mim. Meu olhar vagou pelo quarto, finalmente pousando na mesa de cabeceira onde um único porta-retratos estava—o último que eu não havia guardado.

Era uma foto minha e da minha ex, tirada durante uma viagem que fizemos no ano passado para a costa. Estávamos sorrindo, o fundo do oceano perfeito, o sol se pondo na medida certa. Havia sido um bom dia, uma boa viagem até. Naquele momento, congelado no tempo, parecemos o casal ideal, transbordando potencial e promessas.

Aproximando-me da moldura, tracei a linha do rosto sorridente dela com meu dedo. "Eu sinto falta disso..." murmurei para o quarto silencioso, minha voz tingida de tristeza pelo que havia sido perdido. Mas, enquanto olhava mais tempo, a realidade foi se infiltrando, colorindo a memória com a verdade do nosso desmoronamento que se seguiu. "Bem, do que eu achava que éramos," corrigi-me, colocando a moldura de volta com um clique decisivo.

O quarto de repente parecia menor, como se as paredes estivessem se aproximando, cheias de ecos do que poderia ter sido. Tomei outro gole, a cerveja agora menos satisfatória. Era verdade—eu sentia falta da companhia, da intimidade e dos planos compartilhados. Mas eu realmente sentia falta dela? Não da versão idealizada que às vezes assombrava meus sonhos, mas da verdadeira, humana e falha com quem compartilhei minha vida?

"Tudo o que poderia ter sido e não foi," continuei, falando agora para a imagem dela na foto como se esperasse que ela respondesse. "Mas eu não sinto falta dela, não realmente. Não éramos um par, afinal." Era uma verdade difícil de conquistar através de noites solitárias e dias vazios, através da dolorosa desmontagem de uma vida compartilhada e da lenta, meticulosa construção da minha própria, sozinho.

A cerveja agora acabada, coloquei a garrafa vazia na mesa de cabeceira ao lado da foto. A desordem física e emocional parecia espelhar uma à outra—vestígios de um passado que precisava ser limpo. Era hora, talvez já passava da hora, de realmente fazer deste espaço o meu.

O término havia sido amigável na superfície, mas por baixo das trocas educadas e dos acordos mútuos de "continuar amigos", havia uma corrente de alívio da minha parte, uma sensação de que eu finalmente poderia respirar, expandir-me em espaços que eu nem havia percebido que estavam restritos. Nós tentamos, ambos, moldar-nos nos parceiros perfeitos, mas as formas que contorcemos deixaram pouco espaço para quem realmente éramos.

Deitado na minha cama, olhando para o teto, meus pensamentos lutavam com os ecos de um relacionamento passado e o silêncio da minha vida atual. A foto, aquele instantâneo parado de um tempo mais feliz—ou assim parecia—estava na mesa de cabeceira, um testemunho do que já foi. Lentamente, alcancei e peguei-a mais uma vez, não para relembrar, mas para tomar uma decisão que já estava muito atrasada.

Enquanto segurava a moldura em minhas mãos, virei-a, colocando-a de face para baixo na mesa de cabeceira. O gesto parecia simbólico, como virar uma página em um livro que eu havia lido muitas vezes.

Era um pequeno ato, mas significativo. Não se tratava apenas de seguir em frente de um amor passado; tratava-se de reconhecer que eu havia vivido uma vida moldada pelas expectativas dos outros, particularmente aquelas dos meus avós.

Eles a adoravam, talvez até mais do que eu. O apego deles a ela havia sido profundo, enraizado em um desejo de me ver estabelecido e feliz. Eles viam nela a filha que nunca tiveram, e em nossa união, uma continuação da família, do legado. Quando nos separamos, eu sabia que seus corações haviam se partido talvez até mais agudamente do que o meu. Desde então, cada decisão, cada passo que eu dava estava invisivelmente amarrado às suas esperanças e à sua aprovação.

Deitado ali, com a foto fora de vista, mas não fora da mente, enfrentei uma verdade que havia evitado: eu nunca estive realmente feliz naquele relacionamento. Foi uma performance, uma na qual eu desempenhei o papel esperado de mim, não apenas por ela, mas por todos que observavam nossas vidas se desenrolarem. A pressão para manter essa imagem, para ser o neto que deixou todos orgulhosos por ficar com a 'garota perfeita', havia sido sufocante.

Meus avós haviam sofrido, sim, e eu os amava profundamente por sua preocupação e seu apoio incondicional. Mas viver uma vida para evitar sua decepção em sua idade não era vida alguma. Era um desserviço a eles e a mim mesmo. Eles haviam sofrido mais com o término porque estavam mais investidos na ideia de nós do que nós mesmos. A realização foi dolorosa, mas trouxe consigo as sementes da libertação.

No meu sonho, parado ali pela janela, um leve sorriso brincava em meu rosto enquanto eu capturava o olhar da nova vizinha do outro lado da rua. Havia algo intrigante em ser observado, especialmente quando pego de surpresa e menos do que totalmente vestido. Era uma emoção, uma pequena aventura que quebrava a monotonia da minha rotina noturna habitual.

Ela estava ligeiramente inclinada para frente em sua janela, sua expressão era de surpresa misturada com algo que eu não conseguia identificar àquela distância. Talvez curiosidade, talvez diversão—era difícil de dizer na luz fraca. Mas havia um interesse inegável em seus olhos que aguçou o meu.

Eu não desviei o olhar, nem senti necessidade de fazê-lo. Em vez disso, encontrei-me entrando no momento, uma leve risada escapando dos meus lábios enquanto eu casualmente me inclinava contra a moldura da janela, braços cruzados. Era um desafio não falado, um reconhecimento brincalhão de nosso encontro silencioso e compartilhado.

No sonho, senti uma ousadia, uma facilidade com a interação inesperada. Não havia constrangimento, apenas uma conexão simples e confiante. O olhar contínuo dela sugeria que ela não estava incomodada com a situação. Se algo, parecia segurar sua atenção, despertando um diálogo silencioso feito apenas de olhares e do ar tranquilo da noite entre nós.

A emoção do momento preenchia o sonho, energizando-o com uma corrente subjacente de expectativa. O que era uma noite mundana havia se transformado em uma cena carregada com o potencial de algo mais, algo não definido pelas normas habituais da etiqueta de vizinhança, mas pela interação espontânea e ousada de dois indivíduos em uma noite tranquila.

Enquanto eu estava ali, o ar denso de possibilidades não ditas, eu me perguntava qual seria o próximo movimento dela. Ela sorriria, acenaria ou talvez fechasse a cortina para encerrar nosso pequeno jogo? A incerteza acrescentava uma borda ao encontro, uma tensão brincalhona que tornava o momento mais emocionante.

O sonho não se apressou em rumo a nenhuma conclusão. Em vez disso, permaneceu nesse espaço de possibilidades não concretizadas. Éramos apenas duas pessoas, momentaneamente conectadas por circunstâncias e curiosidade, desfrutando da interação silenciosa que a noite nos trouxe inesperadamente.

À medida que o sonho continuava a se desenrolar, sua lógica se torcia de uma maneira única que apenas os sonhos conseguem. Em um momento, eu estava apoiado no meu próprio batente de janela, no seguinte eu pisquei, e a cena mudou dramaticamente—eu não estava mais no meu quarto, mas havia aparecido de alguma forma no quarto dela. A mudança repentina era desorientadora, mas parecia estranhamente natural dentro do contexto do sonho, como se tais mudanças imprevisíveis fossem esperadas.

Ela estava lá, agora vestida com uma roupa decididamente mais provocante do que seu visual casual anterior. A mudança foi surpreendente, mas acrescentou uma camada intensa de intimidade ao sonho. O quarto estava fracamente iluminado, sombras dançando nas paredes, projetando padrões suaves que flutuavam silenciosamente ao nosso redor.

O silêncio entre nós se aprofundou, preenchido com uma tensão palpável e expectativa. Em um movimento que parecia ao mesmo tempo ousado e inevitável, alcancei-a, nossos olhos se fixando um no outro, comunicando um consentimento mútuo que não precisava de palavras. Com um toque suave, desvinculei seu sutiã, a ação fluida como se ensaiada, revelando mais dela que antes estava oculto à vista.

A atmosfera no sonho agora estava carregada, densa com palavras não ditas e pesada com desejo. Ela estava incrível, sua confiança inabalada pela vulnerabilidade, um equilíbrio impressionante que fez meu coração disparar mesmo dentro do sonho. Era como se cada desejo oculto que eu guardava, cada fantasia não verbalizada, tivesse encontrado seu caminho nesse cenário onírico, manifestando-se em detalhes vívidos.

Esse momento era revelador de mais de uma maneira. Não se tratava apenas da fisicalidade da cena, mas de descobrir os desejos mais profundos, muitas vezes não reconhecidos, que eu nutria. Minha mente inconsciente estava pintando um quadro das ansiedades cruas e sem filtro que estavam abaixo da minha exterioridade cotidiana. Não era apenas uma fantasia; era uma exploração de desejos que raramente permitia que eu reconhecesse no mundo desperto.

À medida que o sonho progredia, o quarto ao nosso redor parecia desvanecer, focando todos os meus sentidos no aqui e agora. Cada detalhe estava intensificado—a suavidade de sua pele, o sutil aroma no ar, a maneira como a luz tênue acariciava suas curvas. Era uma sobrecarga sensorial, mas sustentando tudo isso estava um profundo sentimento de conexão, uma comunicação silenciosa que dizia muito.

Neste espaço, longe dos julgamentos e consequências da realidade, permiti-me sentir plenamente o peso e o calor dos meus desejos. Era libertador, essa liberdade de explorar sem limites, de conectar-me em um nível que era puramente instintivo.

No quarto suavemente iluminado do meu sonho, após o silêncio preenchido por ações não ditas, as primeiras palavras finalmente surgiram, suaves e hesitantes, flutuando entre nós como os delicados fios de uma nova teia sendo tecida em tempo real.

"Você não é o que eu esperava," disse ela, sua voz baixa e rouca, carregando um peso que sugeria camadas mais profundas de significado.

Eu pausei, a simplicidade de suas palavras despertando algo inesperado dentro de mim. "E o que você esperava?" perguntei, minha própria voz mal acima de um sussurro, como se o ato de falar muito alto pudesse estilhaçar a atmosfera frágil ao nosso redor.

Ela sorriu, uma curva lenta e conhecedora de seus lábios que parecia sugerir que ela guardava segredos apenas insinuados nas profundezas de seus olhos. "Não sei. Talvez alguém menos observador. A maioria das pessoas não vê realmente, sabe?"

"Eu gosto de observar," confessei, sentindo uma estranha honestidade tomar conta—uma liberdade talvez concedida apenas em sonhos. "São as pequenas coisas que contam as verdadeiras histórias."

"Então, o que as minhas pequenas coisas dizem?" ela indagou, seu tom brincalhão contradito pela sinceridade em seu olhar.

"Elas dizem que você é forte," respondi pensativamente, notando como a luz suave brincava em suas feições, destacando sua força em vez de diminuí-la. "E não porque você tenta mostrá-la, mas porque você não pode evitar."

Seus olhos seguraram os meus, uma infinidade de emoções piscando através deles tão rapidamente que eu não consegui capturá-las todas. "A maioria não olha o suficiente para ver isso," murmurou ela.

"Talvez eles não olhem para as coisas certas," contra-argumentei suavemente.

Um silêncio confortável se instalou entre nós, preenchido com o tipo de entendimento que às vezes surge inesperadamente entre duas pessoas, mesmo em sonhos. Então, quebrando o silêncio, ela perguntou: "E você? O que suas pequenas coisas dizem?"

"Elas podem dizer muitas contradições," ri levemente, sentindo a verdade disso mais neste momento do que nunca. "Eu quero liberdade, mas anseio por conexão. Busco paz, mas prospero em caos."

"Isso soa humano," disse ela, sua voz calorosa e acolhedora. "Todos nós somos contradições caminhantes, não somos?"

"Sim," concordei, sentindo uma sensação de alívio inundar-me, uma aceitação que parecia profunda mesmo dentro das nebulosas fronteiras deste sonho. "Mas é bonito, não é? Ser tão complexo?"

"É o mais bonito," ela assentiu, sua expressão suavizando ainda mais.

Depois que ajustamos os travesseiros e fizemos pequenas conversas sobre o conforto da cama, houve uma mudança sutil na atmosfera. A suave luz da lâmpada do quarto lançava um brilho quente, e o silêncio parecia carregado com uma energia diferente, insinuando a possibilidade de algo mais.

Ela se moveu levemente na cama, virando-se para me encarar, suas pernas roçando contra as minhas. O contato era leve, quase acidental, mas perdurou mais do que o necessário. Respondi colocando minha mão levemente em sua perna, uma pergunta não dita pairando no ar entre nós. Ela não se afastou; em vez disso, sorriu, uma aprovação tácita que parecia um convite.

Encorajado, aproximei-me, minha mão subindo de sua perna para repousar suavemente na base de seu pescoço. Sua pele estava quente sob meu toque, e eu podia sentir o pulso de seu coração, rápido e leve. Ela inclinou a cabeça para trás levemente, expondo mais de seu pescoço, e eu me inclinei, meus lábios roçando suavemente contra sua pele ali. Foi um beijo terno, exploratório e gentil.

Ela respondeu, alcançando e entrelaçando os dedos em meu cabelo, puxando-me para mais perto. Nossos rostos estavam agora a poucos centímetros de distância, nossas respirações se misturando, seus olhos fixos nos meus com uma intensidade que correspondia à minha. Havia um entendimento mútuo, um desejo comunicado sem palavras.

Devagar, deliberadamente, nossos lábios se encontraram. O beijo foi suave a princípio, cauteloso, como se ambos ainda estivéssemos inseguros sobre até onde esse sonho poderia nos levar. Mas à medida que a hesitação inicial passou, o beijo se aprofundou, tornando-se mais seguro. Nossos movimentos eram lentos, descompassados, explorando o novo terreno dessa intimidade inesperada.

O mundo ao nosso redor parecia desvanecer, deixando apenas a sensação de seus lábios nos meus, suas mãos em meu cabelo e a suavidade da cama sob nós. O beijo era uma lenta combustão, aumentando gradualmente, alimentado pela linguagem silenciosa do toque e da resposta.

À medida que nossos beijos se aprofundavam, a atmosfera no quarto se tornava mais densa com um calor tangível. Cada toque e sussurro de respiração parecia nos aproximar, borrando as linhas entre sonho e realidade. Os dedos dela traçavam caminhos por meus braços, acendendo trilhas de formigamento que despertavam desejos ainda mais profundos.

Eu respondi ao toque dela explorando os contornos de sua cintura e quadris, sentindo-a se inclinar a cada carícia. Nossos movimentos eram fluidos, cada um levando naturalmente ao próximo. Eu a levantei gentilmente, puxando-a para mais perto, de modo que ela estivesse parcialmente sobre mim, seu peso uma presença confortante que se encaixava perfeitamente em meu corpo.

O calor de sua respiração contra meu pescoço enviou um arrepio pela minha coluna enquanto ela plantava beijos suaves ao longo da minha mandíbula, cada um mais assertivo que o anterior. Eu podia sentir seu coração batendo contra meu peito, rápido e rítmico, acompanhando o ritmo da nossa crescente excitação.

Virando-me levemente, posicionei-me para poder beijá-la mais profundamente, minhas mãos se movendo para apoiar suas costas e puxá-la ainda mais perto. Nossas respirações estavam rápidas e superficiais, misturando-se com gemidos suaves que preenchiam o quarto silencioso. A sensação de sua pele contra a minha era intoxicante, me impulsionando a explorar ainda mais.

As mãos dela também não estavam inativas; elas vagavam por minhas costas, puxando-me para dentro, garantindo que não houvesse espaço entre nós. A intensidade da nossa conexão era palpável, cada termina nervosa parecia disparar ao mesmo tempo. Movemo-nos juntos em uma dança lenta e rítmica que era tanto sobre sentir quanto sobre movimento.

No quarto fracamente iluminado, as sutis mudanças em nossa proximidade pareciam mais pronunciadas. À medida que me aproximava, podia sentir o calor irradiando dela, me atraindo.

"Você está bem com isso?" sussurrei, nossos rostos a poucos centímetros de distância, o ar entre nós carregado de expectativa.

"Sim," ela respondeu, sua voz firme, mas suave, carregando consigo um convite. Seus olhos, fixos nos meus, confirmaram suas palavras, irradiando confiança e consentimento.

Assenti, respeitando o ritmo com o qual ela estava confortável, e nossa conexão se aprofundou. Gentilmente, coloquei uma mão em seu ombro, sentindo o tecido suave de sua blusa sob meus dedos. Com um toque hesitante, tracei uma linha ao longo de seu braço, sentindo-a estremecer levemente ao contato.

Ela se inclinou, fechando o pequeno espaço entre nós, e seus lábios encontraram os meus novamente. Desta vez, o beijo foi mais assertivo, alimentado pelo acordo silencioso que havia passado entre nós momentos antes.

À medida que nosso beijo se aprofundava, ela se afastou por um momento, ofegante. "Eu não esperava por isso," murmurou, um traço de espanto em sua voz.

"Eu também não," admiti, sorrindo levemente. "Mas estou feliz que esteja acontecendo."

Suas mãos encontraram meu quadril, puxando-me mais perto. As barreiras físicas entre nós derretiam à medida que nos movíamos em sincronia com os desejos um do outro. Seu toque era exploratório, mas confiante, espelhando a coragem emocional que ela projetava.

"Devemos ter cuidado," disse ela, uma nota brincalhona, mas cautelosa em sua voz.

"Concordo," respondi, minhas mãos parando em sua exploração. "Não vamos apressar as coisas."

"Bom," ela respondeu, seu sorriso retornando. "Vamos apenas aproveitar este momento."

Retomamos nosso abraço, agora mais conscientes do ritmo, garantindo que nossas ações permanecessem uma verdadeira reflexão do nosso conforto e desejo mútuos. Nossa conversa continuou entre pausas, cada palavra pontuada por um toque ou um beijo, aprofundando nossa conexão.

"Como você se sente?" perguntei após um momento, genuinamente curioso sobre sua experiência.

"Surpresa," ela confessou, seus olhos brilhando com diversão e algo mais profundo. "Surpresa, mas feliz."

"Isso nos faz dois," disse eu. "É bom, sabe, sentir essa... conexão."

"É," ela concordou, sua mão apertando a minha levemente.

Continuamos a explorar os limites de nossa nova intimidade com um respeito brincalhão, mas profundo, um pelo outro. O quarto ao nosso redor parecia enclausurado em uma bolha que criamos, isolada do mundo exterior, preenchida com a música silenciosa de um começo.

"Você tem certeza?" murmurei contra sua orelha, minha voz baixa, garantindo que cada passo fosse consensual.

"Sim, eu tenho certeza," ela sussurrou de volta, suas mãos me guiando suavemente, afirmando sua prontidão e desejo.

O momento parecia suspenso no tempo, como se o mundo exterior tivesse deixado de existir, deixando apenas nós dois. Movi-me lentamente, atento às suas reações, sentindo o calor e a proximidade enquanto encontrávamos um ritmo compartilhado. A sensação era avassaladora, uma conexão profunda que ia além do físico.

Ela gemeu suavemente, um som que parecia vibrar pelo ar, preenchendo o quarto com uma nova intensidade. Seus dedos se cravaram levemente em minhas costas, puxando-me mais perto, seu corpo movendo-se em sincronia com o meu. O som não era apenas de prazer, mas também de uma profunda conexão, ecoando a intimidade emocional que havia se desenvolvido entre nós.

"Você está bem?" perguntei, pausando, olhando em seus olhos em busca de qualquer sinal de desconforto.

"Sim, não pare," ela exalou, sua voz entremeada com uma mistura de necessidade e segurança. Sua resposta me impulsionou, sua confiança e abertura alimentando meus movimentos.

O zumbido agudo do meu despertador me arrancou das profundezas do sonho. Por um momento, fiquei desorientado, preso entre os vívidos vestígios do sonho e a dura realidade do meu quarto. À medida que meus olhos se ajustavam à luz da manhã, uma pesada sensação de confusão me inundou. Meu coração ainda batia rápido, e as imagens do sonho se agarravam à minha mente como os últimos sussurros de um segredo profundo.

À medida que me tornava mais consciente do meu entorno, percebi que a evidência física do meu sonho era inegável. A cama estava molhada, um resultado tangível das intensas fantasias que haviam se desenrolado em meu subconsciente. Por um momento, fiquei ali, congelado, enquanto a satisfação inicial das paixões do sonho dava lugar a uma crescente sensação de vergonha. Era raro para mim ter sonhos tão vívidos e desinibidos, e ainda mais raro que eles tivessem um efeito físico tão intenso.

Parte de mim sentia uma satisfação; o sonho havia sido incrivelmente real, cheio de emoções e sensações que não permitia sentir há muito tempo. No entanto, outra parte de mim se encolheu diante da bagunça, envergonhada pelo aspecto primal das minhas escapadas noturnas. Era como se o sonho tivesse desbloqueado algo dentro de mim que geralmente mantinha sob controle.

Sentando-me, desliguei o despertador e balancei as pernas para o lado da cama, minhas mãos enterrando meu rosto enquanto tentava reunir meus pensamentos. O quarto ao meu redor parecia incomumente quieto, como se estivesse prendendo a respiração, esperando que eu reagisse. Respirei fundo algumas vezes, tentando afastar as imagens e sensações persistentes do sonho.

Não era apenas a bagunça física que me incomodava; era a percepção de quão profundos eram meus desejos, quão muito eu havia reprimido ou ignorado minhas próprias necessidades. O sonho havia sido uma liberação, uma fuga das restrições que eu havia imposto a mim mesmo, consciente ou inconscientemente. Mas agora, sob a luz dura do dia, sentia-me exposto, como se meus desejos mais profundos e privados tivessem sido revelados.

Eu sabia que precisava limpar, apagar os lembretes físicos do meu sonho, mas parte de mim queria preservar a sensação de liberdade que ele havia trazido. Com emoções misturadas, arranquei a cama, empilhando os lençóis em um cesto. Cada movimento era mecânico, minha mente ainda processando as complexidades do que havia experienciado.

O chuveiro ajudou, a água quente escorrendo sobre minha pele, lavando as últimas vestígios de embaraço. Deixei a água correr longa e quente, esperando que limpasse minha mente tanto quanto meu corpo. Enquanto estava ali, deixando o vapor me envolver, ponderava sobre a dualidade dos meus sentimentos. Por que a satisfação deveria vir acompanhada de vergonha? Não seria humano ter desejos, sonhar com intimidade e conexão?

No café da manhã, a cozinha estava preenchida com o aroma reconfortante de café e torradas. Enquanto me sentava à mesa, meus avós já estavam imersos em sua rotina matinal, meu avô lendo o jornal e minha avó ocupada no fogão. Servi-me de uma xícara de café e decidi mencionar o novo vizinho, abordando o tópico com uma curiosidade casual.

"Ei, vocês dois notaram alguma atividade na cabana que está à venda? Achei que vi algum movimento lá ontem à noite," comecei, tentando parecer o mais despreocupado possível.

Meu avô olhou por cima da borda dos óculos, um leve sorriso brincando em seus lábios. "Oh, aquele lugar antigo? Pensei que pudesse assombrar o bairro com sua placa de 'À Venda' para sempre," ele brincou, dobrando seu jornal e colocando-o de lado.

"Sim, era quase uma fixação permanente. Acabei me acostumando com a ideia de ter vizinhos fantasmas," ri, entrando na brincadeira.

Minha avó se virou do fogão, um prato de ovos e bacon na mão, e colocou-o na mesa antes de se sentar conosco. "Bem, parece que os fantasmas se mudaram. Aquela cabana finalmente tem alguns ocupantes reais e vivos," ela disse, com um brilho nos olhos.

"É mesmo? Eu estava começando a gostar da paz e do silêncio," disse, fingindo decepção. "Você sabe quem se mudou?"

"Na verdade, é a filha da Elizabeth," respondeu minha avó, servindo-se de café. "A coitada da Liz faleceu há algum tempo, você se lembra. A filha não estava interessada em manter o lugar a princípio; disse que não tinha laços aqui e a casa estava apenas vazia."

Meu avô acenou com a cabeça, acrescentando: "Sim, mas acho que ela mudou de ideia. Voltou na semana passada, começou a arrumar o lugar. Parece que ela planeja ficar depois de tudo."

"A filha da Elizabeth, huh?" refleti em voz alta, tentando lembrar se já a conheci antes. "Acho que nunca a conheci. Qual é o nome dela?"

"Mia," respondeu minha avó. "Uma garota adorável. Ela vinha aqui com frequência quando era criança, mas se mudou para a cidade por anos. Deve ser uma grande mudança para ela, voltar a esta cidadezinha tranquila depois de tanto tempo."

"Isso é interessante," disse, tomando um gole do meu café. "Deve ser um choque, se ajustar da vida na cidade para cá. Espero que ela encontre o que procura em Maple Ridge."

"É bom para a velha cabana também," meu avô comentou. "Bom ver um pouco de vida nela novamente. Aqueles muros estavam esperando por uma família."

À medida que a conversa continuava, eles sugeriram convidá-la para o jantar. Comecei a me sentir um pouco desconfortável. A ideia de trazer

Mia para um ambiente social tão logo após sua chegada—e depois da vivacidade do meu sonho—me deixou um pouco apreensivo. Não era apenas o sonho que me deixava hesitante; era também a ideia de empurrá-la muito rápido para o centro das atenções da comunidade.

"Na verdade, talvez devêssemos dar a ela um pouco de espaço no começo," intervim, colocando minha xícara de café com um leve tilintar. "Ela pode ainda estar se ajustando a estar de volta, e um jantar pode ser demais, muito cedo."

Meus avós olharam para mim, um pouco surpresos com minha mudança repentina de tom. "Você acha?" minha avó perguntou, com a testa franzida em leve preocupação. "É apenas um jantar amigável, nada muito chique ou esmagador."

Acenei com a cabeça, tentando articular meus sentimentos sem mencionar o sonho que havia agitado tanto em mim. "Sim, eu sei. Mas voltar aqui depois que sua mãe faleceu... isso deve ser difícil. Ela pode precisar de um tempo sozinha, para se estabelecer sem sentir que há expectativas."

Meu avô se recostou na cadeira, considerando minhas palavras. "Esse é um ponto justo," ele concedeu. "Não queremos fazê-la sentir-se pressionada. Talvez você pudesse apenas passar por lá, se apresentar casualmente como vizinho. Ver como ela está, sentir as coisas um pouco."

"Isso parece mais gerenciável," concordei, aliviado com a sugestão. "Uma abordagem discreta pode ser melhor. Posso deixar que ela saiba que a comunidade está aqui quando ela estiver pronta, sem fazer parecer uma obrigação."

Minha avó acenou lentamente, seu entusiasmo inicial temperado pela minha cautela. "Certo, isso parece sensato. Podemos sempre planejar algo mais tarde, uma vez que ela esteja mais estabelecida."

"Exatamente," disse, sentindo-me mais à vontade com este plano. Isso me permitiria conhecer Mia sem o pano de fundo de uma reunião formal, o que, dada a vivacidade do meu sonho, parecia um terreno mais seguro e neutro para começar.

"Vou apenas me certificar de que ela saiba que é bem-vinda aqui, em seus próprios termos," acrescentei, pensando em como me apresentar sem chamar muita atenção para sua recente mudança ou suas circunstâncias pessoais.

"Bom garoto," minha avó sorriu, sua expressão suavizando. "É importante ser atencioso sobre essas coisas. Você lide com isso da maneira que achar melhor."

O café da manhã terminou com mais conversas leves, mas meus pensamentos permaneceram parcialmente em Mia. Assim que estávamos limpando a louça do café da manhã, uma batida na porta interrompeu a rotina da manhã. Limpei minhas mãos em um pano de prato e fui para a porta da frente, meus pensamentos ainda girando em torno de Mia e como eu poderia abordá-la. Ao abrir a porta, fiquei surpreso ao ver a própria Mia parada na entrada.

"Oi, eu sou a Mia," ela disse com um leve sorriso, estendendo a mão em saudação. "Acabei de me mudar para a cabana ao lado."

Peguei sua mão, sentindo-me de repente desajeitado e excessivamente consciente dos meus próprios movimentos. "Oh, oi. Eu sou o Jake," consegui responder, esperando que minha surpresa não fosse muito óbvia. "Bem-vinda ao bairro."

"Obrigada," ela respondeu calorosamente. "Na verdade, eu queria agradecer à sua família pela cesta de boas-vindas. Foi uma surpresa muito agradável e ajudou muito depois da mudança."

Enquanto falava, ela se virou para pegar uma cesta que estava atrás dela, estendendo-a em minha direção. Seu gesto era suave e confiante, mas minha resposta estava longe de ser. Na minha pressa de pegá-la, talvez devido à persistente estranheza do meu sonho, minhas mãos tropeçaram e a cesta escorregou, batendo no chão entre nós.

Nós dois nos agachamos instintivamente para pegá-la, nossas cabeças quase se chocando. Uma risada escapou de ambos nós pela desajeitação do momento, quebrando a tensão. "Desculpe," ri, recuperando a cesta e colocando-a de pé. "Eu não sabia que eles tinham enviado uma cesta para você. Que vergonha minha por não ter participado."

Mia sorriu, limpando as mãos. "Sem problemas. É o pensamento que conta, certo? E foi realmente atencioso."

"Sim, eles são bons nisso," disse, sentindo-me um pouco mais à vontade após nossa risada compartilhada. "Fico feliz que tenha ajudado."

"Ajuda sim, obrigada. E por favor, diga aos seus avós que eu realmente apreciei," Mia acrescentou, recuando um pouco, dando-me um aceno de agradecimento.

"Com certeza," assegurei a ela, segurando a cesta um pouco mais firmemente desta vez. "E se precisar de mais alguma coisa ou tiver alguma dúvida sobre a área, fique à vontade para perguntar. Estamos bem ao lado."

"Obrigada, Jake. Eu posso realmente aceitar essa oferta," ela disse, dando um sorriso final antes de se virar e voltar para sua cabana.

CAPÍTULO 6

Enquanto caminhava em direção à Galeria Maple Ridge, o encontro da manhã com Jake se repetia em minha mente. Não pude deixar de sorrir ao lembrar dele deixando a cesta cair, seu rosto uma mistura de surpresa e embaraço. Parecia que ele poderia estar um pouco nervoso ao meu redor, o que era tanto engraçado quanto encantador de certa forma. No entanto, apesar do charme desajeitado do meu novo vizinho, meu foco estava firmemente voltado para outras coisas—nomeadamente, meu crescente interesse pela cena artística local.

Ao virar uma esquina, decidi por impulso parar na pequena padaria que havia notado há alguns dias. O cheiro de pão fresco e doces era tentador demais para resistir, e um pequeno deleite parecia certo para marcar o início do meu novo capítulo aqui.

Ao entrar, o aroma quente e fermentado me envolveu, instantaneamente fazendo o lugar parecer acolhedor. "Bom dia!" cumprimentou a mulher atrás do balcão, seu jeito alegre acrescentando ao ambiente aconchegante.

"Bom dia!" respondi, meus olhos percorrendo a variedade de produtos assados exibidos. "Tudo parece tão delicioso; é difícil escolher."

"Se é sua primeira vez, eu recomendo muito nossos rolos de canela. Eles são os favoritos entre os locais," ela sugeriu com um sorriso conhecedor.

"Isso parece perfeito, vou querer um desses e uma xícara de café, por favor," decidi, ansioso para provar o sabor local.

Enquanto ela preparava meu pedido, minha mente vagava de volta aos meus planos para o dia. A visita à galeria era mais do que apenas um interesse casual; era um passo em direção a reconectar-me com minha paixão pela arte, algo que havia ficado em segundo plano na turbulência da vida na cidade e nas reviravoltas pessoais. Essa mudança para Maple Ridge não era apenas sobre escapar do passado; era sobre redescobrir partes de mim que havia negligenciado.

"Aqui está," a mulher disse, me puxando de volta à realidade enquanto me entregava uma xícara fumegante de café e um prato com um rolo de canela generosamente tamanho. "Aproveite!"

"Obrigada, tenho certeza de que vou," respondi, levando meus petiscos para uma pequena mesa perto da janela.

Sentando ali, saboreando o café quente e rico, e desfrutando do doce e pegajoso bolo, senti uma sensação de paz. Era a decisão certa vir para cá, pensei. A vida na cidade tinha suas vantagens, mas também carregava um peso que eu não havia reconhecido totalmente até agora—o constante frenesi, as demandas intermináveis, os encontros sociais superficiais que muitas vezes me deixavam sentindo mais isolada do que conectada.

Enquanto empurrava as portas de vidro da Galeria Maple Ridge, equilibrava duas xícaras de café e uma caixa de doces variados da padaria local—um pequeno agrado para dar início ao que prometia ser um dia agitado. A galeria, banhada pela luz da manhã filtrando através de janelas expansivas, vibrava com a energia silenciosa da antecipação.

Lila, profundamente absorvida em sua tarefa, estava ajustando uma escultura perto da entrada principal. "Bom dia, Lila!" chamei, esperando que o aroma do café recém-preparado fosse uma boa introdução.

Ela olhou para cima, seu foco mudando da obra de arte para a refeição que eu estava carregando. "Mia, o que é tudo isso?" ela sorriu, limpando as mãos em um pano antes de vir me ajudar com a bandeja.

"Um pouco de combustível para nós. Pensei que poderíamos usar um bom começo hoje," respondi, colocando a bandeja em uma mesa próxima, livre de catálogos de arte e amostras de tecido.

"Você sabe o caminho para o meu coração," Lila riu, pegando uma xícara. "Certo, o que temos na agenda para hoje? Estou pronta para qualquer coisa com isso no meu sistema."

"Temos a nova instalação para o foyer e algumas consultas com clientes mais tarde esta tarde," respondi, servindo-me de uma xícara e mordendo um doce.

"Vamos começar com a instalação. Quero saber sua opinião sobre o layout antes de finalizarmos qualquer coisa," sugeriu Lila, saboreando seu café.

Juntas, caminhamos até a série de grandes telas que precisavam ser organizadas. O espaço do foyer era grande e bem iluminado, perfeito para as vibrantes peças abstratas que estávamos prestes a pendurar.

"Que tal começarmos com a peça do Marquez ali?" apontei para uma tela particularmente ousada, suas espirais de cor atraindo instantaneamente o olhar.

"Boa ideia," Lila concordou. "É uma abertura forte para a exposição. Atrai você imediatamente."

Passamos as próximas horas medindo espaços, marcando paredes e pendurando cuidadosamente cada peça. A fisicalidade da tarefa foi uma mudança bem-vinda dos aspectos mais cerebrais do trabalho na galeria, e encontrei um ritmo no processo, desfrutando dos resultados tangíveis de nossos esforços.

Uma vez que as peças estavam organizadas de maneira satisfatória, recuamos para revisar nosso trabalho. "Está fantástico, Mia. Seu olhar para o design realmente traz essas peças à vida," Lila elogiou, seu olhar apreciativo.

"Obrigada, Lila. É ótimo ver tudo se juntando assim," respondi, sentindo uma onda de orgulho.

Enquanto admirávamos nosso trabalho, o tilintar da porta da frente anunciou a chegada de nosso primeiro cliente do dia. Olhei para ver um casal de meia-idade entrando, suas expressões curiosas e expectantes.

"Hora do show," murmurou Lila, colocando sua xícara de café de lado. "Vamos recebê-los."

Aproximamo-nos do casal com sorrisos. "Bom dia! Bem-vindos à Galeria Maple Ridge. Eu sou a Mia, e esta é a Lila. Como podemos ajudá-los hoje?" apresentei-nos, sentindo-me confiante no terreno familiar do atendimento ao cliente.

O casal, interessado em adquirir uma peça para sua nova casa, estava ansioso para ser guiado. Nós os levamos pela galeria, discutindo vários artistas e suas obras, avaliando as reações do casal e adaptando nossas sugestões às respostas deles.

A consulta foi tranquila, e quando saíram, prometendo voltar depois de considerar suas opções, senti uma profunda satisfação com o começo produtivo do nosso dia.

"Ótimo trabalho, Mia. Você tem um talento para isso," Lila disse enquanto voltávamos para a mesa.

"Obrigada, Lila. É bom fazer parte de tudo isso," respondi, energizada pelas conquistas do dia.

Enquanto Lila e eu estávamos organizando após um dia agitado na galeria, o telefone tocou, cortando o suave zumbido do final da tarde.

Lila se desculpou para atendê-lo, deixando-me para rearranjar algumas peças que haviam sido deslocadas durante as consultas do dia.

Lila terminou sua chamada e voltou para onde eu estava ocupada com a arrumação do dia. Sua expressão era uma mistura de urgência e empolgação, iluminada ainda mais pela luz natural que entrava na galeria.

"Na verdade, eles estão trazendo os móveis hoje," Lila disse, olhando para o relógio. "Temos cerca de uma hora para nos preparar."

"Hoje? Isso é muito rápido!" respondi, surpresa com a mudança repentina na programação.

"Sim, foi uma ligação de última hora deles, mas funciona perfeitamente. Podemos arrumar tudo imediatamente," explicou Lila enquanto começava a mover alguns dos móveis atuais para liberar espaço.

Entrei para ajudá-la, movendo peças e repensando o layout da sala. "Que tipo de móveis eles estão trazendo?" perguntei, curiosa sobre o estilo e o design dos itens a caminho.

O rosto de Lila iluminou-se enquanto descrevia as peças. "Alguns itens marcantes—uma mesa de café lindamente feita e algumas cadeiras que são verdadeiras obras de arte. Todas são feitas de madeira recuperada, então cada peça é não apenas elegante, mas também sustentável."

"Isso parece fantástico," disse, genuinamente impressionada com a iniciativa. "Eu adoro que seja tanto arte funcional quanto uma forma de retribuir à comunidade."

Lila acenou entusiasticamente. "O cara que comanda o projeto no centro comunitário faz isso há anos. Ele pega materiais descartados e os transforma em peças lindas e úteis. É tudo sobre novas chances e nova vida, o que realmente é algo especial."

Concordei, sentindo uma conexão com a filosofia do projeto. "É incrível ver materiais antigos reaproveitados assim. É criativo e atencioso—o tipo de abordagem que muda como você vê objetos do dia a dia."

Enquanto continuávamos nosso trabalho, conseguimos liberar uma área significativa no centro da galeria. Lila deu um passo para trás para avaliar nosso arranjo e parecia satisfeita com nossos esforços. "Parece bom. Isso deve nos dar espaço suficiente para mostrar tudo de maneira agradável."

"Momento perfeito," comentou ela enquanto uma van estacionava do lado de fora da galeria.

À medida que as portas da van se abriram e a equipe começou a descarregar, eu permaneci focada em montar a exposição, embora trechos de conversa flutuassem da entrada, onde Lila estava alegremente recebendo a equipe de entrega de móveis.

"Bem-vindos! Por aqui, limpamos um grande espaço para essas peças," a voz de Lila ecoou pela galeria, cheia de seu entusiasmo contagiante habitual.

"Desculpe por estarmos um pouco mais tarde do que o esperado," uma voz profunda respondeu enquanto passos pesados acompanhavam o deslocamento dos móveis. "Tivemos algumas paradas a fazer esta semana—ajudando uma família na comunidade. O pequeno deles decidiu chegar antes do previsto!"

A risada de Lila ecoou pela galeria. "Isso é perfeitamente aceitável! O que você faz é tão importante—ajudar assim, é simplesmente maravilhoso. Como todos estão?"

“Eles estão maravilhosamente, felizmente!” o homem respondeu. "Está corrido, mas é o tipo bom de correria em que você acaba sentindo que tudo vale a pena."

"Oh, absolutamente!" Lila concordou. "E olhem para essas peças! Elas são ainda mais lindas pessoalmente. Você realmente traz algo especial para tudo que toca."

"Obrigado, Lila. É sempre um prazer ver onde meu trabalho acaba, especialmente em um lugar tão inspirador como este," ele disse, sua voz aquecida com genuína apreciação.

A conversa deles estava cheia de risadas e o som de desempacotar, a voz de Lila periodicamente subindo em excitação sobre a qualidade e beleza dos móveis. "Esses não são apenas funcionais; eles são peças de arte por si mesmos! Eles vão transformar este espaço!"

"Esse é o plano," o homem brincou levemente. "É tudo sobre tornar os espaços melhores, de pequenas maneiras que podemos."

"Falando em transformar espaços," Lila continuou, seu tom se tornando mais profissional, mas ainda borbulhante de entusiasmo, "mal posso esperar para você ver o que temos planejado para a galeria. Vai ser fantástico, uma verdadeira síntese de forma e função!"

Eu ouvi, intrigada pela calorosidade e camaradagem na troca deles, e curiosa sobre o homem cuja habilidade era evidentemente tão bem considerada. Sua risada, profunda e ressonante, parecia preencher a galeria, misturando-se com os tons mais brilhantes de Lila para criar uma atmosfera animada que despertava ainda mais meu interesse.

"Você sempre sabe como causar um impacto com seu trabalho. É por isso que adoramos ter seus móveis aqui," Lila disse, sua voz tingida de respeito e admiração.

"Obrigado, Lila. Estou apenas feliz em contribuir para uma comunidade tão vibrante. Projetos como esses realmente me lembram por que comecei a fazer isso em primeiro lugar," ele respondeu.

"Mia, você poderia vir aqui por um momento?" A voz de Lila cortou meu foco enquanto eu delicadamente adicionava os toques finais a uma peça na qual tinha estado absorvida toda a manhã.

Relutantemente, coloquei meu pincel para baixo, lancei um olhar para a pintura inacabada, suas cores vibrantes ainda dançando em minha visão enquanto me movia em direção à frente da galeria. Limpei minhas mãos em um pano, tentando mudar minha mentalidade do ato solitário de pintar para a interação social que me aguardava.

Ao me aproximar, avistei o homem conversando animadamente com Lila. Levou um momento para a reconhecimento se instalar, mas quando aconteceu, meu coração pulou uma batida. Era Jake—Jake, meu vizinho, o mesmo da situação constrangedora daquela manhã. Meus passos hesitaram ligeiramente e senti um calor repentino subir pelo meu pescoço.

Nesse momento, Jake se virou, seus olhos encontrando os meus. A surpresa era evidente em seu rosto enquanto ele, inadvertidamente, deixava cair a pilha de papéis e uma caneta que estava segurando. Eles se espalharam pelo chão em um alvoroço de desordem.

"Oh!" ele exclamou, e imediatamente se agachou para juntar os itens caídos. Seus movimentos eram apressados, um sinal claro de seu próprio desconforto, que espelhava meus próprios sentimentos.

Fiquei congelada por um segundo, incerta se deveria ajudá-lo ou permanecer parada. Antes que eu pudesse decidir, Jake já havia coletado seus papéis e a caneta, endireitando-se com uma expressão composta no rosto, como se tentasse mascarar seu choque inicial.

Lila, alheia às correntes de tensão, sorriu para nós dois. "Mia, conheça Jake! Ele é o artesão por trás dessas maravilhosas peças de móveis que acabamos de trazer. Jake, esta é Mia, nossa mais nova adição à equipe da galeria."

Nós dois conseguimos um sorriso educado, estendendo as mãos para um breve e um tanto constrangedor cumprimento. Foi um daqueles momentos em que as formalidades de uma apresentação profissional colidiam com histórias pessoais, por mais breves e desconfortáveis que essas histórias pudessem ser.

Lila continuou entusiasticamente, alheia ao nosso desconforto. "Jake faz um trabalho incrível com materiais reaproveitados. Realmente, suas peças são mais como arte do que móveis. Estamos tão sortudos por ter seu trabalho em destaque aqui."

"Obrigado, Lila," Jake disse, conseguindo recuperar sua compostura. "É ótimo estar envolvido com a galeria. E bom te conhecer, Mia," ele acrescentou, sua voz firme, embora seus olhos brevemente cintilassem com a mesma awkwardness que eu sentia.

"Prazer em te conhecer também," eu respondi, mantendo meu tom profissional. Nós dois interpretamos bem nossos papéis, fingindo que este era nosso primeiro encontro, não querendo trazer nosso encontro anterior para este novo contexto.

Nesse momento, Lila olhou para o celular. "Oh, preciso fazer algumas ligações para alguns potenciais clientes sobre um compromisso. Mia, você poderia ajudar Jake a decidir onde colocar os móveis? Eu apreciaria."

"Claro," respondi, minha voz um pouco mais aguda em minha tentativa de parecer despreocupada. Enquanto Lila se afastava, discando números em seu celular, voltei-me para Jake com um sorriso forçado.

"Então, uh, vamos começar com as peças grandes, talvez?" sugeri, levando o caminho para a área designada que havíamos preparado anteriormente.

Jake acenou, seguindo-me com a primeira das peças de móveis na mão. "Parece bom," ele disse, sua voz neutra, o choque anterior agora substituído por uma postura profissional.

Apesar do começo instável, conseguimos encontrar um ritmo, comunicando-nos sobre a colocação e ajustes com crescente facilidade. O trabalho era uma distração bem-vinda, ajudando a dissolver parte da tensão enquanto apreciávamos a habilidade de cada peça de móvel.

Quando posicionamos a última cadeira, o desconforto anterior parecia ter sido embalado como o papel de embrulho que descartamos. Nós nos afastamos para revisar nosso trabalho, e senti uma genuína sensação de realização—não apenas pela disposição lindamente organizada dos móveis, mas por navegar pelos desafios pessoais inesperados do dia.

Ao colocarmos a cadeira final, a atmosfera entre nós havia relaxado consideravelmente. Jake parecia mais à vontade, a awkwardness inicial dissipando-se enquanto caíamos em um ritmo de trabalho constante.

“Você parece realmente conhecer seu caminho pelo mundo da arte e do design,” Jake comentou, dando um passo para trás para avaliar o layout que havíamos arranjado. “O que te trouxe a trabalhar aqui, se não se importar em me contar?”

Eu passei uma mecha solta de cabelo para trás da orelha, voltando-me para ele com um leve sorriso. “Sempre amei as artes. Eu costumava trabalhar como restauradora de arte em Chicago, na verdade. Mas senti que precisava de uma mudança de cenário, sabe? Um novo ambiente.”

"Chicago, hein?" As sobrancelhas de Jake se ergueram, e um sorriso brincalhão puxou seus lábios. "De uma grande cidade para uma cidade pequena—isso é uma mudança e tanto. Você deve ter se cansado de todo o vento bagunçando seu cabelo."

Eu ri, apreciando a leveza de sua piada. "Algo assim. Embora eu ache que foi mais sobre buscar um lugar mais tranquilo, um espaço onde eu pudesse me reconectar com a arte de uma maneira diferente. Não apenas restauração, mas ser parte de uma comunidade que aprecia e vive isso."

Jake acenou, sua expressão tornando-se pensativa. "Isso faz sentido. Há algo sobre cidades pequenas e a maneira como elas reúnem as pessoas em torno de coisas como a arte. É mais pessoal, não é?"

"Realmente é," concordei, sentindo uma renovada sensação de propósito em minha escolha de me mudar para Maple Ridge. "Aqui, a arte parece parte da vida diária, não apenas algo que você vai ver em um museu."

Enquanto falávamos, percebi que a facilidade de Jake estava crescendo, sua postura mais relaxada e seu sorriso mais frequente. Ele se encostou em uma mesa recém-colocada, cruzando os braços de maneira casual. "Então, de grandes galerias da cidade para uma galeria de cidade pequena, você deve ver muitas diferenças em como as coisas operam?"

"Definitivamente," respondi, me encostando em um balcão. "É menos agitado aqui, por um lado. O ritmo dá espaço para respirar e realmente se envolver com o trabalho e as pessoas que vêm vê-lo. Além disso, a conexão que você faz com os visitantes é mais direta—você não é apenas mais um membro da equipe; você é parte da experiência deles."

Jake parecia genuinamente interessado, acenando enquanto eu falava. "Parece refrescante. E falando em experiências, como você está achando Maple Ridge até agora? Além da galeria, quero dizer."

"Tem sido ótimo, na verdade," disse, sentindo um calor ao pensar nisso. "As pessoas aqui são amigáveis, e há um senso de comunidade que é muito acolhedor. É diferente da correria de Chicago, mas de uma boa maneira."

"Fico feliz em ouvir isso," Jake sorriu. "E parece que você está exatamente onde precisa estar—ajudando a moldar este lugar em um centro para amantes da arte."

"Espero que sim," sorri de volta, a conversa fluindo mais livremente agora, sentindo que finalmente estávamos superando a awkwardness inicial de nossos encontros anteriores.

Nesse momento, Lila reapareceu, sua ligação aparentemente finalizada. "Parece que vocês dois estiveram ocupados," ela comentou alegremente, olhando ao redor para os móveis recém-arranjados e nossas posturas relaxadas. "Espero que Jake não tenha te entediado com suas conversas de contratante."

Jake riu, endireitando-se. "Acho que temos falado mais sobre arte do que qualquer outra coisa."

Lila sorriu para nós dois. "Perfeito! Jake, obrigado por entregar essas peças fantásticas. Elas realmente aperfeiçoam o espaço."

Jake entregou os papéis de entrega a Lila com facilidade prática, examinando rapidamente a sala enquanto falava. "Você poderia assinar esses antes de eu sair?"

Lila rapidamente pegou os papéis e uma caneta da mesa, seus movimentos rápidos e eficientes. "Claro, deixe-me ver... Ok, aqui e aqui, certo?"

"Sim, é isso. Obrigado," Jake respondeu, sua voz firme enquanto recuperava os documentos assinados e entregava a Lila uma cópia para seus registros. "Já está tudo resolvido agora."

"Ótimo," Lila respondeu, embaralhando os papéis em sua mão. Ela olhou para mim, ocupada organizando alguns folhetos do outro lado da sala. "Mia, você poderia acompanhar Jake até a saída? Preciso arquivar isso."

"Claro, Lila," respondi, minha voz carregando um leve tom de relutância que escondi com um sorriso educado. Aproximei-me de Jake, gesticulando em direção à entrada da galeria. "Por aqui, Jake."

Enquanto caminhávamos em direção à porta, a atmosfera era educada, carregada com a awkwardness não dita de nossos encontros recentes. De repente, o telefone de Jake tocou, cortando o silêncio enquanto ele se preparava para sair.

"Com licença," ele disse, puxando o telefone do bolso. Eu acenei, me afastando enquanto ele atendia a ligação. Capturei trechos de sua conversa, palavras como "em breve" e "a caminho" flutuando no ar.

"Estarei lá em alguns minutos," Jake falou ao telefone, seu tom mudando para algo mais urgente. Ele desligou a chamada e colocou o telefone de volta no bolso, encontrando meus olhos ao fazê-lo.

"Obrigado por me acompanhar até a saída," ele disse, passando pela porta que eu mantinha aberta. Ele parou, virou-se ligeiramente e estendeu a mão. Eu a peguei, meu aperto firme, esperando o habitual adeus. Em vez disso, Jake se inclinou para frente e deu um rápido e inesperado beijo em minha bochecha.

Uma onda de embaraço aqueceu minhas bochechas. Eu não havia antecipado tal gesto; nossas interações nunca haviam cruzado além do profissionalismo educado—até agora.

"Uh, de nada," consegui gaguejar, meus olhos arregalados de surpresa. Observei enquanto Jake me dava um pequeno e um tanto tímido sorriso antes de se virar e caminhar pelo caminho que levava à rua.

Não pude deixar de me perguntar para onde ele estava indo com tanta pressa, a curiosidade me consumindo. No entanto, rapidamente me lembrei de que não era da minha conta. Sacudindo levemente a cabeça, voltei e caminhei de volta para a galeria.

CAPÍTULO 7

Enquanto o sol da manhã lançava um brilho dourado sobre a charmosa rua principal de Maple Ridge, me vi atraída pelo doce aroma de produtos recém-assados pairando no ar. A fonte era uma pequena padaria acolhedora, sua placa convidativa dizia "Bistrô da Emma." Com uma mistura de curiosidade e um estômago vazio, empurrei a porta, sendo instantaneamente recebida pelo alegre tilintar do sino de entrada.

Dentro, a padaria era uma aconchegante explosão de cores pastéis e decorações caseiras, com prateleiras alinhadas com uma convidativa variedade de delícias assadas. Atrás do balcão estava uma mulher com um sorriso radiante e um avental empoeirado de farinha, que me cumprimentou calorosamente. "Bom dia! Bem-vinda à Emma's. Eu sou a Emma. O que posso te oferecer neste lindo dia?"

Fiquei imediatamente encantada por sua atitude alegre e pela atmosfera caseira da padaria. "Tudo parece tão tentador. O que você recomenda?" perguntei, meus olhos vasculhando a exibição.

"Oh, você tem que experimentar os rolos de canela; eles são um favorito por aqui. Feitos com um toque de mel local," Emma sugeriu, seus olhos brilhando de orgulho.

Enquanto ela preparava meu pedido, colocando um rolo de canela quente em um prato, sentei-me em uma pequena mesa perto da janela. O rolo era a perfeição—macio, doce, com um rico sabor de canela que derretia deliciosamente na minha boca. "Este lugar parece o coração da cidade," comentei, desfrutando do calor tanto da comida quanto do ambiente.

Emma riu, sua voz tão doce quanto as confeições que ela assava. "Gosto de pensar que adoça a vida por aqui. Então, o que te traz a Maple Ridge? Nunca te vi por aqui antes."

"Estou trabalhando na galeria local," expliquei, meu interesse pela cidade crescendo a cada interação amigável. "Espero encontrar alguma inspiração e paz aqui."

"Bem, espero que você ache a cidade tão doce quanto este rolo," disse Emma, inclinando-se sobre o balcão, ansiosa para conversar. "Maple Ridge tem muito charme se você está procurando relaxar e encontrar inspiração."

Suas palavras eram confortantes, reforçando minha decisão de me mudar para cá. Quando terminei meu lanche e agradeci a Emma pela hospitalidade, senti uma conexão não apenas com a padaria, mas com Maple Ridge em si. Este era o começo de algo novo e maravilhoso.

Enquanto eu me acomodava em um canto aconchegante da Bistrô da Emma, disquei o número de Nicole. A chamada de vídeo se conectou quase instantaneamente, revelando o rosto familiar de Nicole emoldurado pela desordem da oficina de restauração de arte onde passamos tantas horas juntas.

"Oi, Nicole!" eu disse, minha voz brilhando com a empolgação de me reconectar.

"Mia! É tão bom ver você," Nicole respondeu, seu sorriso tão caloroso quanto eu lembrava. "As coisas estão agitadas como sempre. Estamos sobrecarregados, na verdade. A oficina não é a mesma sem você. Como você está se adaptando?"

Eu olhei ao redor do espaço acolhedor da padaria, suas paredes um abraço reconfortante de tons pastéis e o aroma de canela preenchendo o ar. "Maple Ridge é maravilhoso," compartilhei, sentindo uma genuína sensação de paz. "Na verdade, estou sentada nesta adorável padaria que descobri. Parece que pode se tornar meu novo refúgio."

"Isso soa adorável. Você sempre teve um talento para encontrar os lugares mais aconchegantes," disse Nicole, seu tom misturando felicidade por mim com um toque de anseio. "Fico feliz que você esteja se encontrando. Nós realmente sentimos falta da sua experiência por aqui."

Tomei um gole do meu café, deixando o calor se espalhar por mim antes de responder. "Eu também sinto falta de trabalhar com vocês. Mas, honestamente, Nicole, eu realmente precisava dessa mudança. Eu senti que estava apenas flutuando pela vida lá, sem realmente viver."

Nicole acenou com a cabeça em compreensão. "É importante encontrar seu próprio caminho, Mia. Espero que Maple Ridge te dê o que você precisa."

"Já está começando a," disse eu com um sorriso. "Há um senso de comunidade aqui que é muito revigorante. E o trabalho na galeria é estimulante de uma nova maneira."

"Me conte sobre a galeria," Nicole insistiu, inclinando-se como se estivéssemos sentadas uma frente à outra em nosso antigo café, em vez de conversar através de telas.

"É um espaço pequeno, mas cheio de potencial. Estou ajudando a curar exposições e até me envolvendo em alguns projetos de arte comunitária," expliquei, a empolgação invadindo minha voz ao falar sobre meu novo papel.

"Isso parece perfeito para você," disse Nicole, sua voz carregada de orgulho. "Você sempre esteve destinada a fazer mais do que apenas restaurar; você estava destinada a criar."

Nicole se moveu ligeiramente, a desordem do ateliê atrás dela parecendo espelhar a complexidade da nossa conversa. "Você sabe, o chefe ficou realmente satisfeito com o trabalho que você estava fazendo, mesmo que você tenha deixado inacabado," começou ela, seu tom cuidadoso mas honesto. "Consegui continuar com a mesma precisão que você começou. Foi um desafio no começo, mas acho que estou pegando o jeito."

Senti um aperto de culpa misturado com orgulho. Era reconfortante saber que meus esforços foram apreciados e que Nicole estava prosperando na minha ausência, embora fosse agridoce pensar nos projetos que deixei para trás.

"Fico feliz em ouvir isso," respondi sinceramente. "Significa muito para mim saber que deixei as coisas em boas mãos. Como você tem lidado com a carga de trabalho extra?"

Nicole riu, um som curto e agudo que parecia liberar um pouco da tensão. "Tem sido complicado, não vou mentir. Alguns dias parece que estou equilibrando mais do que consigo suportar. Mas também tem sido gratificante. Aprendi muito—provavelmente mais nesses últimos meses do que no ano anterior. Acho que precisava do empurrão."

À medida que nossa conversa continuava, a expressão de Nicole suavizou um pouco, insinuando um tópico mais sensível prestes a se desenrolar. Ela respirou fundo antes de falar, escolhendo cuidadosamente suas palavras.

"Você sabe, quando você saiu, foi um choque para todos, especialmente para o chefe," começou Nicole, sua voz tingida de empatia. "Ela ficou um pouco ofendida no início, eu acho. É difícil não levar para o lado pessoal quando alguém que é integral para a equipe decide sair."

Acenei com a cabeça, sentindo o peso de suas palavras. Tinha sido uma das partes mais difíceis da minha decisão—deixar uma equipe que se tornara como uma família.

"Mas," continuou Nicole, "ela entendeu, eventualmente. Todos nós entendemos. Era claro que você precisava de uma mudança, algo diferente. E, honestamente, vendo como você está indo bem agora, é óbvio que mudar foi a melhor escolha para você. É só que..."

Nicole hesitou, procurando as palavras certas. "É só que é difícil quando a mudança acontece tão de repente, você sabe? Mas ela está realmente orgulhosa de você, Mia. Todos nós estamos. É só que levou um tempo para superar a surpresa e um pouco de dor."

Ouvir isso trouxe uma mistura de alívio e tristeza. Não era fácil pensar sobre o desconforto que minha partida causou, mas saber que ainda havia apoio e compreensão da minha antiga chefe e colegas era reconfortante.

"Obrigada, Nicole, por me dizer isso," respondi sinceramente. "Eu estava preocupada sobre como as coisas terminaram lá. Eu não queria deixar nenhum ressentimento."

Nicole sorriu calorosamente, de forma reconfortante. "Mia, está tudo bem. Todos veem o quanto você está mais feliz agora, e isso é o que realmente importa. O chefe sempre quis o melhor para nós, para o nosso crescimento, mesmo que isso signifique se ramificar para novos lugares. Você sempre foi ambiciosa e dedicada ao seu trabalho, e ela admirava isso em você. Nós só sentimos falta de ter você por perto, só isso."

"Isso significa muito para mim, Nicole," disse eu, sentindo uma sensação de fechamento e paz se instalando. "Eu sinto falta de vocês também, muito. Mas estou feliz que ainda possamos compartilhar esses momentos, manter um ao outro atualizado. É importante para mim que mantenhamos essa conexão."

"Com certeza," concordou Nicole, seu tom firme. "A distância não muda os laços que construímos. Sempre estaremos aqui, torcendo por você. E ei, agora temos uma boa desculpa para visitar Maple Ridge, certo?"

"Certo," ri, o calor nas palavras de Nicole elevando meu ânimo. "Você tem que visitar. Tenho muitos novos lugares favoritos para te mostrar."

A honestidade dela tocou uma corda em mim. Mudar para Maple Ridge tinha sido meu empurrão, um salto em águas um tanto desconhecidas que me forçaram a crescer de maneiras inesperadas. Eu disse: "Parece que você está lidando com isso lindamente, no entanto."

"Sim, estou tentando," admitiu Nicole. "E ouvir de você, saber que você também está encontrando seu caminho—ajuda. Faz me sentir que as mudanças foram boas para nós duas."

As palavras dela ajudaram a aliviar um pouco da culpa que eu carregava por ter saído. "Espero que sim. Eu penso muito na nossa equipe, sobre a dinâmica e a energia do ateliê. Sinto falta disso. Mas também sei que essa mudança era necessária para mim. Eu estava presa, Nicole, e nem percebi o quanto até sair."

Nicole acenou com a cabeça, sua expressão compreensiva. "Eu entendo, Mia. E, embora tenha sido difícil no começo, todos entendem por que você precisou ir. Não se trata apenas de trabalho, certo? É sobre encontrar um lugar onde você sinta que pode realmente ser você mesma."

"Exatamente," afirmei, sentindo uma onda de alívio me invadir. "E, honestamente, estar aqui em Maple Ridge, começando do zero—abriu meus olhos para o quanto há na vida além de apenas ficar confortável.

Estou conhecendo novas pessoas, explorando novas oportunidades. É como se eu estivesse redescobrindo partes de mim mesma que havia esquecido."

"Isso é maravilhoso, Mia," disse Nicole, seu sorriso genuíno. "Parece que você está realmente fazendo um lar para si mesma aí."

"Estou," concordei, olhando ao redor da pequena padaria que rapidamente se tornou meu refúgio. "E e quanto a você? Como estão as coisas fora do trabalho? Alguma nova aventura?"

Nicole riu, um brilho no olho. "Bem, você me conhece. Não sou tão aventureira quanto você. Mas tenho feito algumas aulas de cerâmica à noite. É algo que sempre quis tentar. Acontece que não sou nada mal."

"Isso é fantástico!" exclamei, encantada com a notícia dela. "Você vai ter que me mostrar algumas de suas criações algum dia."

"Eu vou," ela prometeu. "Talvez eu possa te enviar uma peça para exibir na sua galeria. Um pouco de Chicago em Maple Ridge."

"Eu adoraria isso," disse eu, a ideia aquecendo meu coração. "Significaria muito ter uma peça da sua arte aqui comigo."

À medida que encerrávamos nossa conversa sobre trabalho e as transições que ambas estávamos vivenciando, o tom de Nicole mudou para algo mais leve, um brilho travesso aparecendo em seus olhos, mesmo através da tela digital.

"Então, chega de trabalho. Como está a cena social em Maple Ridge? Conheceu pessoas interessantes?" Nicole provocou, inclinando-se mais perto da câmera, sua curiosidade aguçada.

Eu ri, sabendo exatamente para onde sua pergunta estava levando. "É uma cidade pequena, então é uma comunidade unida. Todo mundo conhece todo mundo, o que é meio legal," comecei, hesitando um pouco enquanto ponderava quanto compartilhar.

"E...?" Nicole pressionou, não me deixando escapar tão facilmente.

"Bem, tem o Jake," disse eu, o nome escapando antes que eu pudesse pensar melhor. Minhas bochechas esquentaram ligeiramente ao mencioná-lo.

"Jake?" Nicole se animou, seu interesse claramente despertado. "Quem é esse Jake?"

Eu sorri timidamente, colocando uma mecha de cabelo atrás da orelha. "Ele é meu vizinho. E, hum, ele tem ajudado na galeria também. Ele realmente gosta de marcenaria—faz essas peças lindas com materiais recuperados. Nos encontramos algumas vezes."

O sorriso de Nicole se ampliou. "Encontraram-se, huh? Parece que tem uma história aí. Conte!"

"Não é nada demais," insisti, embora o frio na barriga sugerisse o contrário. "Ele tem sido muito legal. Me ajudou a mover algumas coisas para o meu lugar quando cheguei. Também tivemos alguns encontros meio desajeitados, porém."

"Encontros desajeitados podem ser os mais memoráveis," Nicole riu. "Mas ele parece ser um bom cara. E habilidoso também, com todas essas habilidades de marcenaria. Você sempre apreciou alguém que sabe lidar com suas ferramentas."

Eu ri, revirando os olhos para a insinuação nada sutil dela. "Não é assim. Nós somos apenas amigos. Mas sim, ele é um bom cara. Tem sido bom ter alguém por perto que conhece o lugar."

"Amigos, claro," disse Nicole, piscando. "Mas me mantenha informada, ok? Maple Ridge parece mais interessante a cada minuto."

À medida que nossa conversa flutuava de anedotas pessoais para um terreno mais familiar, o rosto de Nicole se iluminou com uma ideia repentina. "Oh, quase esqueci! Queria te mostrar a peça que você começou a restaurar antes de sair. Ela progrediu bastante desde então."

Nicole ajustou seu laptop, angulando a câmera em direção a uma grande tela coberta de detalhes intrincados e cores vibrantes. A obra de arte, uma peça religiosa histórica, estava em um estado lamentável quando a vi pela última vez, mas agora mostrava sinais de restauração cuidadosa, a beleza original emergindo sob as mãos habilidosas de Nicole.

"Ela está incrível, Nicole!" exclamei, genuinamente impressionada com a transformação. Os detalhes estavam mais claros, as cores mais vívidas, e o efeito geral era deslumbrante.

Nicole sorriu com orgulho. "Obrigada! Tem sido um trabalho de amor. Mas tenho que admitir, foi difícil assumir depois que você saiu. Você tinha uma visão tão clara para a restauração dela."

Acenei com a cabeça, sentindo uma mistura de orgulho e nostalgia. "Vejo que você fez um trabalho incrível com isso. Deve parecer ainda mais impressionante pessoalmente."

"Realmente parece," concordou Nicole. "E adivinha? A igreja que comissionou a restauração quer fazer uma cerimônia de rededicação uma vez que esteja totalmente restaurada. Eles estão planejando uma grande revelação para a comunidade."

"Isso é fantástico! A comunidade vai adorar vê-la," disse eu, minha curiosidade aguçada. "Você terá que me enviar fotos. Ou melhor ainda, talvez eu deva vir ver isso depois que estiver instalada na igreja. Seria ótimo ver como ela se encaixa de volta em seu lugar original."

Os olhos de Nicole brilharam com a sugestão. "Você definitivamente deveria vir se puder! Isso significaria muito ter você lá. Afinal, você foi quem começou este projeto. Seria como voltar ao início, ver isso de volta para casa na igreja."

"Eu adoraria isso," disse eu, a empolgação crescendo ao pensar em retornar para ver o projeto concluído.

À medida que nossa conversa fluía confortavelmente, o agudo toque de outro telefone nos interrompeu. Nicole olhou rapidamente para a tela, sua expressão uma mistura de diversão e ligeira exasperação.

"Oh, esse é o telefone do trabalho tocando. Espere um momento, Mia, fique na chamada; vou verificar isso rapidamente."

"Ei, espera, Nicole, eu vou desligar então," comecei, mas era tarde demais. Ela já havia colocado seu laptop rapidamente e se movido em direção ao telefone que tocava, me deixando sozinha com uma visão do ateliê movimentado ao fundo.

Eu ri de mim mesma, me sentindo um pouco boba sentada ali assistindo a uma cadeira vazia. Decidindo aproveitar meu tempo de espera, acenei para um garçom e pedi outro café. A atmosfera quente e reconfortante da Emma's Bakeshop tornava a espera mais do que agradável.

Enquanto saboreava o café recém-preparado, assisti a Nicole pela tela do laptop, agora de volta à sua mesa, mas falando animadamente em outra linha. Mesmo que eu não conseguisse ouvir a conversa claramente, suas expressões e frequentes explosões de risadas eram suficientes para me dizer que ela estava em seu elemento. Nicole sempre teve essa habilidade de se conectar com os clientes, fazendo-os rir e se sentirem à vontade. Era uma das muitas coisas que a tornava tão boa em seu trabalho.

Observando-a, eu ri baixinho para mim mesma. Era tão típico de Nicole equilibrar várias coisas ao mesmo tempo e ainda conseguir manter todos encantados.

Nicole voltou para a tela, sua expressão uma mistura de diversão e leve exasperação. "Desculpe por isso, Mia. Esse foi um dos nossos clientes mais desafiadores."

"Sem problemas," respondi, colocando minha xícara de café. "Tudo bem?"

Nicole riu, balançando a cabeça. "Oh, você sabe como é. Esse cliente quer a lua, mas não quer pagar pelo foguete. Ele continua pedindo descontos, e ele é bem persistente. Minha chefe tenta acomodar onde pode, mas há um limite para o que podemos fazer sem ter prejuízo."

Eu ri, familiarizada com o tipo de situação que Nicole estava descrevendo. "Parece uma situação difícil. Sempre tentando fazer milagres com um orçamento apertado?"

"Exatamente!" disse Nicole, seus olhos revirando de forma brincalhona. "Ele tem muitas ideias e muito pouco orçamento. Continua tentando negociar até o osso. É um pouco exaustivo porque ele liga com frequência, esperando uma resposta diferente."

"Deve ser difícil lidar com esse tipo de negociação," simpatizei, lembrando-me das minhas próprias experiências com clientes difíceis.

"É, mas faz parte do trabalho," suspirou Nicole, então se iluminou. "Mas vamos falar sobre algo mais positivo. Como estão as coisas com você? Algum projeto interessante na galeria?"

Os olhos de Nicole se desviaram para algo fora da tela, sua expressão mudando para uma leve urgência.

"Oh, droga, Mia, eu tenho que ir—minha chefe acaba de entrar," disse Nicole apressadamente, seu tom apologético, mas tingido com a pressão de precisar mudar rapidamente de assunto.

"Claro, sem problemas, Nicole. Vá cuidar dos seus negócios," respondi, entendendo completamente as demandas de seu papel. "Vamos nos encontrar novamente em breve?"

"Definitivamente," Nicole afirmou com um rápido aceno de cabeça. "Desculpe cortar isso curto! Cuide-se, Mia, e mande lembranças para Maple Ridge!"

"Farei isso," sorri. "Tchau, Nicole. Cuide-se!"

Enquanto eu estava organizando minhas coisas, Emma reapareceu na minha mesa com um sorriso apologético. Ela afastou uma mecha solta de cabelo do rosto, sua expressão uma mistura de arrependimento e preocupação.

"Ei, Mia, desculpe interromper, mas só queria te avisar que vou ter que fechar a padaria um pouco mais cedo hoje," explicou Emma, seu tom gentil. "Meu funcionário teve uma emergência que precisou resolver, e eu tenho um compromisso que não posso remarcar. Tem algo mais que você gostaria antes que eu comece a fechar?"

Eu olhei surpresa, mas entendendo a situação. "Oh, não, está tudo bem, Emma. Eu estava prestes a sair de qualquer maneira. Está tudo bem com seu funcionário?"

Emma acenou com a cabeça, seu sorriso agradecido pela minha preocupação. "Sim, obrigada por perguntar. Não é nada muito sério, só algo que eles precisavam resolver imediatamente. É só um daqueles dias, sabe?"

"Com certeza, eu entendo completamente. A vida acontece!" eu disse, oferecendo um sorriso tranquilizador. "Espero que tudo corra bem com sua consulta também."

"Obrigada, Mia. Eu realmente aprecio sua compreensão," disse Emma, seus olhos refletindo uma genuína gratidão. "É sempre um pouco complicado quando coisas inesperadas surgem, especialmente em um pequeno negócio como este."

"Sem problemas," eu a tranquilizei. "Na verdade, tive um tempo adorável aqui hoje, e o rolo de canela estava incrível, como sempre. Eu definitivamente voltarei em breve."

O rosto de Emma iluminou-se com o elogio. "Fico tão feliz em ouvir isso! E estou ansiosa para vê-la novamente. Obrigada por ser tão compreensiva hoje."

Quando cheguei à porta, Emma me chamou mais uma vez, parando-me em meu caminho com uma expressão animada. "Oh, Mia, antes de você ir, na verdade tem algo mais. Estamos tendo um pequeno festival aqui na cidade neste fim de semana. É meio que uma tradição sazonal, e é muito divertido. Você gostaria de se juntar a mim e alguns amigos? Seria uma ótima maneira de você conhecer mais pessoas por aqui."

Virei-me, meu interesse imediatamente despertado. A ideia de vivenciar tradições locais e me imergir ainda mais na comunidade era exatamente o que eu esperava. "Isso parece fantástico, Emma. Eu adoraria me juntar. Obrigada pelo convite!"

"Perfeito!" Emma sorriu, claramente satisfeita. "Por que você não me dá seu número de telefone, e eu te envio todos os detalhes. Além disso, você terá meu número caso precise de algo ou tenha alguma dúvida sobre a cidade."

Assenti e peguei meu telefone, abrindo rapidamente os contatos para adicionar uma nova entrada. Entreguei-o a Emma, que digitou seu número no meu telefone e depois enviou uma mensagem rápida para si mesma. "Pronto, agora eu tenho seu número, e você tem o meu," ela disse.

"Estou realmente ansiosa para o festival," eu disse, minha empolgação crescendo. "Parece uma maneira maravilhosa de passar o fim de semana."

"Com certeza é," concordou Emma. "Você verá como Maple Ridge pode ser animada. E é uma ótima oportunidade para aproveitar um pouco da comida e música locais. Vou te enviar os detalhes e podemos planejar nos encontrar."

"Isso seria ótimo," respondi, saindo para o ar fresco, me sentindo ainda mais conectada a Maple Ridge do que antes. "Obrigada novamente, Emma. Estou realmente ansiosa por isso."

"Vejo você neste fim de semana, Mia!" Emma chamou enquanto eu me afastava, sua voz cheia de alegria.

CAPÍTULO 8

A manhã do festival amanheceu clara e ensolarada, perfeita para um evento ao ar livre. Eu estava terminando meu café da manhã quando meu telefone tocou, piscando o nome de Emma na tela. Animada para o dia que se aproximava, respondi rapidamente.

"Olá, Emma! Bom dia!" eu a cumprimentei entusiasticamente.

"Oi, Mia! Bom dia! Você está pronta para o festival?" A voz de Emma transbordava pelo telefone, cheia da empolgação contagiante do evento do dia.

"Sim, estou quase pronta. Na verdade, estava prestes a sair. É um dia tão lindo para isso!" eu respondi, olhando pela janela para o céu azul claro.

Emma compartilhou que ela e alguns outros se encontrariam em cerca de vinte minutos para ir juntas até o local do festival. Ela me ofereceu duas opções: encontrá-la lá ou juntar-se ao grupo no ponto de encontro e ir juntas.

"Me juntar a vocês no ponto de encontro parece ótimo. Onde vocês vão se encontrar?" eu perguntei, já pegando minha bolsa e me preparando para sair.

"Estamos nos encontrando na esquina da Main com a Orchard. É só algumas quadras do festival. Você não pode nos perder; eu serei a que estará reunindo um monte de foliões animados!" Emma brincou, sua risada leve e fácil.

"Main e Orchard, entendi. Vou me dirigir para lá. Vai ser bom conhecer todo mundo antes de chegarmos ao festival," eu disse, sentindo uma onda de antecipação.

Emma ficou contente. "Ótimo, estou feliz que você vai se juntar a nós. Com certeza será um grupo divertido. Todos nós estamos realmente ansiosos para te mostrar o festival—tem tanto para ver e fazer."

"Estou realmente ansiosa por isso, Emma. Obrigada por me incluir. Vai ser ótimo vivenciar tudo isso com pessoas que conhecem bem o festival," eu expressei, genuinamente grata pelo convite e pela chance de mergulhar mais fundo na cultura local.

"Com certeza, é um prazer nosso! Adoramos compartilhar essa parte da cultura da nossa cidade. É um dos destaques do ano para muitos de nós," Emma explicou calorosamente. "Ok, te vejo em breve então. Apenas me mande uma mensagem quando você chegar, ou se precisar de direções."

"Combinado. Obrigada, Emma. Até logo!" eu respondi, meu coração leve com as promessas do dia.

"Até logo, Mia! Tchau!" Emma concluiu, e nós duas desligamos.

Assim que desliguei o telefone, uma onda de realização me atingiu—eu não tinha terminado minha maquiagem. Rindo de mim mesma, corri de volta para o espelho. "Oh meu Deus, não posso sair parecendo que acabei de sair da cama," eu murmurei para meu reflexo. Na empolgação do festival que se aproximava e da ligação com Emma, eu tinha completamente esquecido de aplicar algo além da base.

Olhando para o relógio, percebi que não tinha muito tempo sobrando. "Certo, Mia, vamos evitar parecer uma tola na frente de todos esses novos amigos," eu brinquei em voz alta para mim mesma enquanto rapidamente passava um pouco de rímel e um toque de blush. A menção casual de 'tola' me fez rir; aqui estava eu, preocupada com as primeiras impressões em uma cidade que parecia mais uma comunidade do que uma passarela.

Um toque de brilho labial completou o visual, e eu dei um passo atrás para me avaliar. "Pronto, não é uma transformação, mas vai servir." Com uma última verificada nos essenciais—telefone, carteira, chaves—peguei minha bolsa e saí pela porta, ainda sorrindo sobre minha pequena correria.

Dentro da minha casa, eu tinha acabado de terminar de me arrumar para o festival quando decidi capturar o momento com uma selfie rápida. A empolgação do dia era evidente no meu sorriso largo. Ajustando o ângulo para pegar a melhor luz que entrava pela janela, tirei uma foto que parecia irradiar o espírito festivo que eu estava sentindo.

Com alguns toques, fiz o upload da imagem para minha rede social e a enviei diretamente para Nicole junto com uma legenda brincalhona sobre mergulhar na cultura local. Quase imediatamente, meu telefone vibrou com uma resposta dela.

"Arrasou! Vá e encontre um homem nesse festival haha!" A mensagem de Nicole apareceu, suas palavras dançando na minha tela com aquela mistura característica de encorajamento e ousadia.

Eu ri alto, parada no meio da minha sala. "Sempre direta ao ponto, Nicole," eu murmurei para mim mesma com um sorriso, apreciando seu jeito de manter as coisas leves e divertidas. Rindo, coloquei o telefone na minha bolsa e olhei ao redor para ter certeza de que não havia esquecido nada. Uma vez satisfeita, dirigi-me para a porta, pronta para sair para o festival, com o aviso humorístico de Nicole ecoando em minha mente.

Quando alcancei a maçaneta da porta, pronta para sair para o dia do festival, olhei pelo olho mágico e notei Jake também saindo do seu apartamento em frente ao meu. Nossos olhares se encontraram quando abri a porta, e sua expressão mudou para surpresa, rapidamente seguida por um sorriso amigável.

"Ei, Mia! Indo para o festival?" Jake perguntou, trancando sua porta antes de se voltar para me encarar completamente.

Assenti, ajustando minha bolsa no ombro. "Sim, estou prestes a me encontrar com alguns amigos. E você?"

"Eu também," ele respondeu, aproximando-se. "Parece que estamos na mesma programação. Quer caminhar juntos?"

Considerei por um momento, então sorri. "Claro, isso parece ótimo. Sempre é mais agradável caminhar com alguém."

O sorriso de Jake se ampliou, e ele gesticulou para que eu liderasse o caminho. "Depois de você," ele disse.

Enquanto começávamos a caminhar pelo corredor em direção à rua, a surpresa inicial do nosso timing coincidiu deu lugar a uma conversa confortável. Jake perguntou sobre meus planos para o festival, e eu compartilhei o pouco que sabia sobre os eventos do dia.

"É a minha primeira vez indo a este festival, então não estou totalmente certa do que esperar. Emma mencionou que haveria muita comida e música locais," eu expliquei.

O interesse dele parecia aumentar quando ele perguntou: "Oh, Emma? Da padaria?"

"Sim, exatamente," confirmei, satisfeita que ele a conhecia. "Ela tem sido realmente acolhedora desde que a conheci."

Jake sorriu. "Ela é ótima. Todo mundo a ama. Parece que você já fez algumas boas conexões."

Curiosidade despertada, eu olhei para Jake com um ligeiro sorriso, "Como você conhece a Emma?"

Jake riu, o som fácil e genuíno, refletindo seu conforto com as conexões da pequena cidade. "Como eu não poderia? Conheço praticamente a cidade inteira," ele brincou, então acrescentou mais seriamente, "Além disso, minha avó insiste em comprar pão apenas na padaria da Emma. Ela jura que é a melhor de Maple Ridge."

Eu ri, imaginando a cena. "Parece que sua avó tem bom gosto."

"Sim," Jake riu, assentindo. "Ela tem. E ela me manda lá tantas vezes, que acho que a Emma deve ficar cansada de me ver. Às vezes sinto que estou lá mais para uma visita social do que para pegar o pão."

Sorri para isso, aproveitando o calor dos laços comunitários que ele descreveu. "Parece um problema legal, ser forçado a frequentar uma padaria que faz pão delicioso."

"Sim, não é tão ruim," Jake admitiu com um sorriso. "Especialmente quando você conhece pessoas legais como a Emma... e agora, você. Espero vê-la lá sempre."

Enquanto Jake e eu nos aproximávamos do festival, as melodias de música ao vivo e o vibrante murmúrio das pessoas preenchiam o ar, criando um pano de fundo animado para nosso passeio. A atmosfera festiva era palpável, com cordas de luzes coloridas e faixas decorativas tremulando suavemente na brisa.

Sentindo-me um pouco desorientada com a cena movimentada, virei-me para Jake. "Você poderia me guiar até a Main com a Orchard? Eu estou suposta a me encontrar com a Emma e alguns amigos lá."

"Claro," Jake respondeu com um aceno amigável. "É logo na esquina. Estamos quase lá."

Enquanto navegávamos pelas multidões, eu estava curiosa sobre como Jake planejava passar seu dia no festival. "O que você vai fazer no festival? Algum plano específico?"

O rosto de Jake iluminou-se com um senso de propósito. "Na verdade, estou ajudando em uma das barracas de comida. A maioria das coisas aqui é para caridade—levantando dinheiro para diferentes causas locais. A barraca com a qual estou fazendo está vendendo milho grelhado e sanduíches de churrasco. Todo o lucro vai para o corpo de bombeiros local."

"Isso é realmente maravilhoso," eu disse, genuinamente impressionada com seu envolvimento. "Deve ser ótimo fazer parte de algo que ajuda diretamente a comunidade."

"Sim, é bom dar algo em troca," ele admitiu, um toque de orgulho em sua voz. "Além disso, é muito divertido. Você conhece praticamente todo mundo na cidade, e quem não gosta de boa comida por uma boa causa?"

Quando chegamos à esquina da Main com a Orchard, vi um grupo de pessoas que eu supunha ser Emma e seus amigos. Agradeci a Jake por sua orientação e companhia. "Obrigada por me trazer até aqui, Jake. Talvez eu passe na barraca mais tarde e pegue um sanduíche."

"Espero que você faça," Jake sorriu. "Aproveite o festival, Mia. E foi realmente legal caminhar com você."

"Foi ótimo caminhar com você também, Jake. Com certeza vou passar na barraca. Até mais!" Eu acenei enquanto me dirigia para o grupo de Emma, sentindo-me animada.

Quando me aproximei do grupo, Emma me avistou de longe e correu até mim com um sorriso radiante.

A energia de Emma era contagiante enquanto ela me conduzia pela multidão, suas mãos ainda segurando as minhas. "Mia, você conseguiu! Estamos prestes a conferir algumas barracas de artesanato antes que a música ao vivo comece," ela disse, sua voz borbulhando de entusiasmo.

"Parece uma diversão, Emma! Mal posso esperar para ver tudo," eu respondi, igualando sua empolgação. O zumbido vibrante do festival estava ao nosso redor, com pessoas rindo, conversando e aproveitando o dia.

À medida que nos aproximávamos do grupo de amigos dela, Emma rapidamente me apresentou. "Pessoal, esta é a Mia, a nova artista da galeria. Mia, estes são meus maravilhosos amigos."

O grupo me cumprimentou calorosamente, com olás amigáveis e sorrisos alegres. "Prazer em conhecer todos vocês," eu disse, sentindo-me acolhida no círculo deles.

Um deles, um homem alto com um sorriso largo, estendeu a mão primeiro. "Sou Dan, trabalho na escola local como professor de ciências. É ótimo conhecer você, Mia! Qualquer um que a Emma recomenda é nosso amigo."

Em seguida, uma mulher de cabelos vermelhos vibrantes e um sorriso acolhedor se juntou. "E eu sou Lisa, tenho a pequena floricultura na Pine Street. Na verdade, já expusemos algumas das suas peças da galeria em nossas vitrines. Adoro seu trabalho!"

Depois de Lisa, uma mulher mais jovem com olhos brilhantes e uma presença energética entrou na conversa. "Sou Claire, na verdade estou na faculdade agora para design gráfico, mas ajudo na galeria meio período. Provavelmente já nos cruzamos e nem percebemos!"

Por último, um homem de aparência gentil com óculos e um comportamento calmo assentiu educadamente. "E eu sou Eric, sou jornalista local aqui. Já escrevi algumas matérias sobre o impacto cultural das artes em Maple Ridge, e estou ansioso para ver o que você trará para a nossa comunidade, Mia."

Seus rostos amigáveis e recepções calorosas me fizeram sentir instantaneamente parte do grupo, e fiquei tocada pela abertura e entusiasmo deles sobre meu trabalho e presença no festival.

Quando as apresentações terminaram, Emma olhou ao redor, notando a multidão crescente e a hora. "Certo, equipe, vamos continuar andando, ou vamos perder a abertura ao vivo," ela anunciou com uma leve urgência, gesticulando para que continuássemos caminhando em direção ao coração do festival.

Enquanto atravessávamos os terrenos movimentados do festival, Emma se aproximou de mim com um empurrão brincalhão. "Então, não pude deixar de notar que você chegou com o Jake," ela disse, seu tom provocativo mas amigável. Senti um calor subir às minhas bochechas com seu comentário.

Tentando manter uma postura composta, respondi com uma risada baixa, "Oh, sim, Jake é na verdade meu vizinho. Nós apenas coincidimos em sair ao mesmo tempo."

Os olhos de Emma brilharam com uma mistura de curiosidade e diversão. "Isso é conveniente," ela sorriu. "Ele é um ótimo cara. Conheço-o desde que éramos crianças. Sempre ajudando pela cidade."

Assenti, apreciando sua abordagem leve. "Sim, ele parece realmente legal. Já me ajudou a entender muito sobre Maple Ridge," eu acrescentei, sentindo-me grata pela abertura da comunidade e pelas conexões inesperadas que estava fazendo.

Enquanto continuávamos a atravessar a multidão do festival, Emma se inclinou mais perto, baixando um pouco a voz para ser ouvida sobre o barulho. "Então, você está interessada nele também? Porque deixa eu te contar, todas as garotas da cidade imploram por sua atenção."

Eu rapidamente balançei a cabeça, minha voz firme. "Não, de jeito nenhum. Eu acabei de sair de um relacionamento, e honestamente, tudo o que eu quero agora é um pouco de liberdade."

Mas então eu acrescentei com uma leve risada, lembrando de um incidente em particular: "Mas não posso negar que ele é bonito. Houve uma vez que eu fui embaraçosamente pega de pijama perto da janela, e lá estava ele, sem camisa na janela do quarto dele. Era uma cena e tanto."

Emma explodiu em risadas, seus olhos arregalados de diversão. "Uau, eu nunca vi isso! Você é a sortuda então. Ele é muito educado e tudo mais, mas tenho certeza de que ele tem algo a ver com todos aqueles músculos," ela provocou, me cutucando de forma brincalhona.

Ela então baixou a voz de maneira conspiratória, "Você deveria investir nessa situação."

Eu ri, balançando a cabeça enfaticamente. "Não, nunca. Foi apenas um momento de vergonha, e não vou me fazer de boba novamente."

Emma me lançou um olhar incrédulo, seu tom brincando de seriedade. "O que você quer dizer? Você está incrível. Cala a boca, garota," ela me repreendeu de forma brincalhona, dando um leve empurrão no meu ombro.

As provocações leves dela me fizeram sorrir, grata pela amizade dela e pela maneira fácil como podíamos brincar sobre essas coisas, mesmo em meio à agitação do festival ao nosso redor.

Emma, percebendo meu desconforto, mas ainda ansiosa para fazer de cupido, se inclinou mais perto com um brilho travesso nos olhos. "Garota, se você quiser, posso falar com ele e quebrar o gelo."

Eu imediatamente rejeitei a sugestão, um pouco envergonhada. "O quê? Nunca, esqueça isso. Mesmo que eu quisesse, não gosto que ninguém intermedie a conversa. Sou uma adulta no final do dia. Mas de qualquer forma, vou manter isso apenas como amizade. Tenho certeza de que ele não está interessado; caso contrário, ele teria tentado. Vou respeitar o espaço dele. Não quero criar uma vibe estranha com os vizinhos."

Emma riu, não se deixando desviar facilmente. "Ahhh, então você aceitaria se ele tivesse investido, apenas confessado."

Eu não consegui evitar rir, balançando a cabeça com as provocações incessantes dela. "Cala a boca," eu disse com um sorriso, cutucando-a de brincadeira. "Eu não disse isso."

Ainda rindo, Emma entrelaçou seu braço no meu, seu sorriso travesso. "Ok, ok, vou deixar isso pra lá—por enquanto. Mas sério, Mia, é divertido ver você corar um pouco. É bom para a alma."

Eu revirei os olhos, mas o calor no meu peito me disse que estava gostando mais da conversa do que eu pensava. "Talvez para a sua alma, Emma," eu respondi, dando a ela um olhar de falsa severidade. "Você apenas gosta de me provocar demais."

"Comprovada como acusada!" exclamou Emma, sua risada soando clara. "Mas ei, é o dia do festival, e estamos aqui para nos divertir, certo? Quem sabe, talvez hoje traga algumas surpresas inesperadas."

Eu ri junto com ela, balançando a cabeça. "Bem, desde que essas surpresas não envolvam esquemas de cupido, acho que vou me sair bem."

Emma levantou as mãos em um gesto de rendição. "Sem esquemas, eu prometo. Vamos apenas aproveitar o dia, explorar os estandes, ouvir uma boa música e comer comida demais."

"Isso parece perfeito," eu concordei, aliviada por passar do tópico de Jake e voltar à empolgação do festival. Continuamos caminhando, os sons animados do festival nos guiando mais fundo na celebração, cercadas pelos aromas de comida deliciosa e as melodias ressonantes da música ao vivo. Com Emma ao meu lado, eu me sentia pronta para mergulhar nas festividades, deixando qualquer pensamento sobre romance ou complicações para trás.

CAPÍTULO 9

JAKE HARPER

O festival estava a todo vapor ao meio-dia, e de trás da agitada tenda de comida, eu podia ver filas caóticas se formando em cada estande. Pessoas estavam por toda parte, rindo e conversando enquanto se moviam de um vendedor para outro, pratos nas mãos, aproveitando a atmosfera. Estava mais movimentado do que em anos anteriores, e pelo jeito, todos estavam se divertindo muito. Nossa tenda, em particular, estava lotada, o ar preenchido com o cheiro de churrasco e milho grelhado—favoritos que nunca falhavam em atrair uma multidão.

Eu fiquei parado por um momento, com as mãos nos quadris, absorvendo tudo. Estávamos ganhando muito dinheiro hoje, o que era fantástico, porque cada centavo estava voltando para os serviços locais. Era bom saber que nosso trabalho árduo não apenas alimentava os frequentadores do festival, mas também apoiaria a comunidade de maneiras mais duradouras.

"Hugo," eu gritei para meu amigo e co-voluntário que estava ocupado empilhando pães, "acho que precisamos de uma mão extra no caixa. A fila está ficando fora de controle."

Hugo olhou para cima, enxugou a testa e acenou com a cabeça. "Sim, você está certo. Você pode ficar com isso? Eu vou continuar carregando as bandejas."

"Entendi," eu respondi, me movendo rapidamente para a frente da tenda onde uma pequena mesa de caixa estava montada. A caixa de dinheiro já estava transbordando, um bom sinal do nosso sucesso. Coloquei um avental e me acomodei, pronto para fazer pedidos.

Hugo se juntou a mim logo depois, e juntos enfrentamos a fila. Era um fluxo contínuo de frequentadores do festival, cada um parecendo mais animado que o último para experimentar nossa comida. Hugo e eu caímos em um ritmo constante: cumprimentar, anotar o pedido, dar um sorriso rápido e repetir. O trabalho era repetitivo, mas agradável, e a energia positiva da multidão fazia o tempo passar rapidamente.

"Ótima presença este ano, hein?" eu disse a Hugo durante uma breve pausa.

"Sim, é incrível," ele respondeu, entregando um prato a um cliente que aguardava. "Parece que vamos ter um dia de recorde."

À medida que a fila aumentava novamente, eu voltei para o próximo cliente, pronto para manter o impulso. Era um longo dia, mas a satisfação de trabalhar por uma boa causa tornava cada minuto valioso.

Enquanto eu lidava com o dinheiro e interagia com os frequentadores do festival, meu olhar desviou involuntariamente pela multidão. Justamente então, avistei Mia se movendo pela multidão com um grupo de amigos, risadas ecoando de sua direção. "Oh," eu exclamei em voz alta, momentaneamente distraído da tarefa em mãos.

Hugo, ao meu lado, olhou para cima rapidamente. "O que foi?" ele perguntou, uma pitada de curiosidade no tom.

Tentei rapidamente recuperar a compostura, sentindo-me um pouco envergonhado. "É nada," murmurei, tentando descartar minha reação. Mas após uma breve pausa, acrescentei: "Ah, é apenas que vi Mia, uma vizinha que se mudou recentemente para a cidade."

A expressão de Hugo mudou para uma de reconhecimento. "Ah, então o nome dela é Mia," ele comentou casualmente, entregando um prato a um cliente.

Eu olhei para ele, confuso. "O que você quer dizer com 'o nome dela é Mia'? Você a conhece?" perguntei, uma mistura de surpresa e curiosidade na minha voz.

Hugo riu, balançando a cabeça enquanto servia outro cliente. "Calma, Jake," ele provocou. "Eu não a conheço pessoalmente. Eu apenas ouvi falar de uma nova garota na cidade. As pessoas fofocam sobre tudo aqui—você realmente achou que eu não acabaria sabendo?"

Ambos rimos, o momento de tensão se dissipando enquanto continuávamos a servir a fila de ansiosos frequentadores do festival. O comentário de Hugo me lembrou de como nossa cidade era realmente pequena; as notícias viajavam rápido, e os novatos eram sempre um tópico de interesse.

Hugo, vendo minha reação levemente envergonhada, me cutucou brincalhão. "O que está acontecendo com isso? Se você não está a fim dela, talvez eu invista," ele brincou, seus olhos brilhando de travessura.

Eu revirei os olhos e retruquei: "Comporte-se, cara. Você é casado, e vou contar à Mary sobre suas piadas de flerte."

Hugo imediatamente levantou as mãos em rendição simulada, sua risada ecoando sobre o barulho do festival. "Não, não, não, meu amigo, pare logo aí," ele disse, ainda rindo.

A fila se movia de forma constante enquanto conversávamos, e depois de um momento, a curiosidade de Hugo voltou. "Mas sério, Jake, me conte sobre a Mia. Vocês fizeram algo?"

Sabendo da reputação de Hugo como o divulgador de notícias não oficial da cidade, eu fui cauteloso. Ele tinha um talento para reunir informações e espalhá-las tão rápido quanto. "Hugo, você sabe que não conto segredos... mas..." eu respondi com um sorriso, focando em entregar outro pedido. "Não, somos apenas vizinhos e mal conversamos."

Hugo, percebendo que não iria conseguir mais informações de mim, riu e balançou a cabeça. "Certo, certo, vou recuar. Mas você não pode me culpar por tentar," ele disse, voltando sua atenção aos clientes, seu comportamento ainda alegre, mas satisfeito com nossas brincadeiras.

Enquanto eu observava Mia à distância, esperando em outra fila com suas amigas, não pude evitar sentir um interesse crescente em conhecê-la melhor. Era um daqueles momentos em que percebi que não tinha nada a perder—e ela também não. Talvez meus avós estivessem certos sobre convidá-la para jantar, mas a ideia de um encontro formal na casa deles me fazia hesitar. Um encontro mais casual parecia um primeiro passo mais seguro, longe dos olhares excessivamente vigilantes e dos comentários bem-intencionados, mas às vezes embaraçosos da família.

A ideia de levá-la para sair, talvez para um dos locais mais tranquilos da cidade onde pudéssemos conversar mais livremente, parecia uma abordagem melhor. Isso nos permitiria nos conhecermos em um ambiente mais relaxado, sem a pressão das expectativas familiares ou a potencial awkwardness de um jantar formal.

Enquanto eu entregava comida e coletava pagamentos, parte da minha mente estava ocupada planejando um encontro casual. Talvez uma caminhada pelo reserva natural local ou um café em um café tranquilo seria o cenário perfeito. Seria algo simples, apenas duas pessoas passando tempo juntas, vendo se havia uma conexão sem qualquer pressão indevida.

Essa ideia parecia certa, uma maneira de potencialmente fazer a ponte entre ser vizinhos e possivelmente algo mais, tudo enquanto mantinha a simplicidade e a sinceridade.

Enquanto os cantores locais subiam ao palco, a multidão parecia crescer ainda mais. Eu me maravilhei com o quanto o festival deste ano estava notavelmente mais lotado do que nos anos anteriores, um testemunho dos esforços da nova equipe organizadora.

Enquanto gerenciava a tenda de comida, avistei rapidamente meus avós fazendo fila entre os frequentadores do festival. Rapidamente me desculpei do caixa e me dirigi até eles.

"Vovó, Vovô! O que vocês estão fazendo na fila?" eu chamei ao me aproximar, acenando para eles com um sorriso.

"Oh, pensamos em vir experimentar seus famosos sanduíches," minha avó respondeu com uma risada, seus olhos brilhando.

"Não precisam esperar na fila, eu já comprei alguns ingressos para trocarmos pela comida," eu disse, levando-os para a parte de trás da tenda onde era menos caótico. "Lucy, você poderia preparar dois sanduíches para meus avós? Já está pago."

Lucy, ocupada na grelha, acenou sem perder o ritmo. "Claro, Jake! Já estou indo."

Eu me voltei para meus avós, "Por que vocês dois não se sentam aqui? É menos lotado, e vocês podem assistir aos cantores de um bom lugar."

"Isso soa maravilhoso, querido," meu avô disse, enquanto eles dois se sentavam em um banco improvisado que tínhamos montado para pausas.

Enquanto meus avós saboreavam seus sanduíches, minha avó olhou para mim com uma expressão pensativa. "Sabe, Jake, você realmente deveria ter convidado sua vizinha para o festival. Ela provavelmente não sabe muito sobre isso e está apenas em casa, curiosa sobre toda essa multidão e as músicas altas."

Eu ri, imaginando Mia em sua janela, confusa com a repentina agitação do festival. Antes que eu pudesse responder, meu avô interveio com seu humor característico, seus olhos brilhando de travessura.

"Ela provavelmente pensará que acordou na cidade errada!" ele brincou, dando uma mordida em seu sanduíche.

A ideia me fez rir, mas também acendeu um leve sentimento de arrependimento. "Sabe, você está certo. Eu vi a Mia mais cedo, na verdade; ela está aqui com algumas amigas. Parece que ela está se integrando," eu disse, tentando tranquilizá-los—e talvez a mim mesmo—de que Mia estava encontrando seu próprio jeito de aproveitar o festival.

"Bem, isso é bom de ouvir," minha avó respondeu, sua voz cheia de alívio. "É bom que ela tenha encontrado companhia, mas da próxima vez, tenha certeza de estender um convite pessoal. É apenas vizinhança."

"Eu vou, vovó. Eu prometo," assegurei a ela, levando em consideração o conselho. Enquanto eles continuavam a aproveitar a música, fiz minhas anotações mentais e talvez conhecê-la mais, no final do dia, moramos lado a lado.

CAPÍTULO 10

MIA

O festival estava a todo vapor, com a banda local pop, The Starlit Grooves, animando o palco com seus ritmos vibrantes. As amigas de Emma haviam formado um pequeno círculo de dança perto do palco, seus movimentos despreocupados enquanto se balançavam ao som das músicas cativantes. Emma parecia envolvida em uma troca divertida de sorrisos com um garoto a distância, suas risadas se misturando com a música.

Sentindo a energia da multidão, decidi entrar na dança por um tempo, deixando o ritmo da música guiar meus passos. No entanto, os aromas doces que vinham de um estande próximo logo chamaram minha atenção, e senti um desejo por algo açucarado.

"Vou pegar algo doce para comer," anunciei ao grupo, sentindo o impulso do meu desejo por doces.

"Claro que vai! Só não se esconda para encontrar alguém!" uma das amigas de Emma brincou, piscando para mim.

Rindo junto, respondi: "Minha prioridade agora é conseguir alguma coisa doce, só isso." O grupo riu, acenando para mim enquanto eu me afastava da área de dança.

Emma estava tão distraída com sua flerte em potencial que não percebeu minha saída, então aproveitei a oportunidade para explorar o festival sozinha. Os estandes estavam alinhados com uma variedade de iguarias, de algodão doce a chocolates artesanais, cada um mais tentador que o anterior. As luzes do festival iluminavam a noite, lançando um brilho quente sobre a multidão agitada.

Ao chegar ao estande de chocolates, fui imediatamente atraída pela variedade de chocolates locais exibidos de maneira tentadora. Depois de um momento de observação, decidi comprar algumas peças, colocando-as na minha bolsa para saborear depois. Enquanto fazia minha compra, não pude deixar de expressar meu entusiasmo ao vendedor. "Hora de experimentar alguns dos chocolates locais—eu adoro chocolates," comentei com um sorriso.

O vendedor, um homem de meia-idade simpático com uma atitude acolhedora, olhou para cima com uma expressão curiosa. "Você é nova na cidade?" ele perguntou, enquanto embrulhava minhas escolhas.

"Sim, é minha primeira vez no festival. Sou de Chicago," respondi, feliz em compartilhar um pouco sobre minha origem.

"Uau, bem-vinda então!" ele exclamou, seu sorriso se ampliando. "Aqui, leve este como um presente de boas-vindas." Ele alcançou de volta para sua exibição e puxou um chocolate com recheio de mirtilo, algo que eu nunca tinha experimentado antes.

"Obrigado, isso é muito gentil da sua parte. Tenho certeza de que vou adorar," eu disse, genuinamente tocada pela generosidade dele. O gesto foi uma pequena, mas significativa, recepção à comunidade, fazendo-me sentir ainda mais conectada à minha nova casa.

Agradeci ao vendedor e coloquei o chocolate presente na minha bolsa e decidi pegar um pouco de algodão doce.

Ao me aproximar do estande de algodão doce, intrigada pelas nuvens fofas de açúcar, comecei uma conversa com o vendedor. "Quais opções você tem?" perguntei, observando a colorida variedade girando em seus palitos.

"Temos de morango rosa, framboesa azul e limão amarelo," respondeu o vendedor, gesticulando para cada variedade.

"Quanto custa um?" perguntei, já decidindo qual experimentar.

"Três dólares cada," ele disse, sorrindo enquanto girava mais um lote de framboesa azul.

"Eu vou ficar com o azul então," decidi, estendendo a mão na minha bolsa em busca da minha carteira. Assim que estava prestes a entregar o dinheiro, ouvi uma voz atrás de mim dizer: "Não, deixe comigo," seguida pela visão de um braço masculino se estendendo além de mim com algumas notas de dólar. O vendedor pegou o dinheiro, entregou a nuvem de algodão doce, e o misterioso benfeitor me apresentou como se fosse um buquê de flores.

Atordoada e um pouco curiosa, virei lentamente para ver quem havia feito o gesto generoso. Era Jake, parado ali com um sorriso brincalhão no rosto. Minha mente levou um momento para processar a situação, o inesperado me deixando momentaneamente sem palavras.

"Jake?" consegui dizer, surpresa e um pouco envergonhada. "O que você está fazendo?"

"Só pensei em adoçar um pouco a sua experiência no festival," ele brincou, seus olhos brilhando de diversão. O gesto, simples mas atencioso, aqueceu meu coração e trouxe um sorriso genuíno ao meu rosto.

"Não precisa pagar por mim, agora sinto que te devo algo," disse, meio brincando, mas também um pouco desconfortável, já que não estava acostumada a esse tipo de bondade espontânea.

Jake balançou a cabeça, seu sorriso tranquilizador. "Oh, pare por aí. Eu fiz isso porque quis. Você não me deve nada, apenas aproveite, e está tudo bem."

Seu desprezo casual pela necessidade de qualquer reciprocidade me fez rir, embora um rubor tingisse minhas bochechas. Agradecida pela sua natureza descontraída, decidi estender um convite, esperando compartilhar o momento por mais tempo. "Você gostaria de se juntar a mim para comer isso então?" ofereci, segurando a nuvem de algodão doce azul.

Jake riu, observando a guloseima açucarada. "Bem, é bem tentador. Vou experimentar um pouco, mas é seu de qualquer forma," concordou, seu tom leve e brincalhão.

Ambos estendemos a mão para o algodão doce, arrancando pedaços da doçura pegajosa.

Perguntei a Jake se ele ainda estava trabalhando na tenda de comida, curiosa sobre como estava indo o resto do seu dia.

"Não, meu turno acabou de terminar," ele explicou, seus olhos escaneando a vibrante cena do festival. "Estava apenas dando uma volta pelo festival antes de voltar para casa."

"Como foi o festival para a tenda?" perguntei, genuinamente interessada em como as coisas tinham se desenrolado para ele.

O rosto de Jake iluminou-se com um sorriso orgulhoso. "Foi incrível, na verdade. Batemos recordes tanto de público quanto de vendas este ano. Surpreendeu a todos nós."

Eu não consegui esconder minha admiração. "Isso é incrível!"

Com uma risada brincalhona, Jake provocou: "Provavelmente é a sua presença que atraiu muitas pessoas."

Senti um rubor subir nas minhas bochechas com seu comentário. "Isso é impossível, parece que estou atraindo apenas coisas ruins ultimamente."

"Bem, talvez sua sorte esteja mudando para melhor agora," Jake brincou de volta, seu tom leve e provocador.

Sua brincadeira e a maneira fácil com que ignorou minhas dúvidas internas trouxeram um sorriso genuíno ao meu rosto, fazendo-me sentir mais à vontade e, talvez, um pouco mais sortuda nesta nova comunidade vibrante.

"Eu duvido," murmurei, embora uma parte de mim se perguntasse se poderia haver um fundo de verdade em sua teoria leve.

Jake riu, então acrescentou com um toque de seriedade fingida: "Provavelmente sou eu quem tem má sorte aqui. Mas bem... vamos testar minha sorte. Você aceitaria passar um tempo comigo?"

Pausei, considerando suas palavras, então respondi com um sorriso brincalhão: "Bem, nesse caso, tenho que concordar que você precisa de mais sorte, porque eu tenho que voltar com alguns amigos," brinquei.

"Entendi, entendi, eu imaginei," ele respondeu, um pouco confuso, mas ainda sorrindo.

Nesse momento, meu telefone tocou. Levantei um dedo para Jake. "Me dá um segundo," disse, puxando meu telefone para verificar a notificação. Era uma mensagem de Emma: "Querida, eu tive que ir para casa, desculpe por sair de repente. Nós conversamos depois. Meus amigos vão ficar um tempo se você quiser ficar com eles."

Olhei para Jake, agora entendendo que meus planos mudaram inesperadamente. "Parece que estou de repente livre," disse, um pouco surpresa, mas também aliviada por poder passar mais tempo no festival—e talvez conhecê-lo melhor afinal.

Os olhos de Jake se iluminaram, um sorriso brincalhão se espalhando por seu rosto. "Oh uau, minha sorte realmente está mudando," disse com um toque de diversão.

Ele então me olhou curioso. "O que aconteceu para você mudar de ideia?"

Tirei um momento para explicar: "Emma acabou de me mandar uma mensagem. Ela teve que sair de repente, e embora tenha mencionado que os amigos dela estão ficando um tempo, eu realmente não estou a fim de ficar com eles por muito mais tempo. Eu ainda sou a estranha no grupo, sabe?"

Jake assentiu com compreensão. "Eu entendo isso. Eu também não sou muito de grupo," ele confessou. Sua expressão então se iluminou ao acrescentar: "Mas estou feliz que agora posso te levar para uma caminhada de forma mais adequada."

Sua compreensão e a oferta de uma interação mais tranquila e pessoal me deixaram mais à vontade. A perspectiva de passar um tempo com Jake, longe da multidão barulhenta e sem a dinâmica de um grupo, de repente parecia uma maneira convidativa de continuar vivenciando o festival.

Enquanto o rosto de Jake se iluminava com um sorriso esperançoso, ele observava minha reação de perto, talvez tentando avaliar se sua sorte realmente estava mudando.

"Uau, minha sorte realmente está melhorando," ele brincou levemente, seus olhos brilhando com uma mistura de humor e algo gentilmente investigativo.

Não pude deixar de sorrir de volta, sentindo-me um pouco mais relaxada, apesar da reviravolta inesperada em meus planos para a noite. "Sim, parece que sim," respondi, guardando meu telefone de volta na bolsa. "Emma teve que sair de repente, e embora os amigos dela sejam legais, eu realmente não estou a fim de ficar com eles por muito mais tempo. Ainda é um pouco estranho ser a novata no grupo deles."

Jake assentiu com compreensão, seu comportamento indicando que ele realmente entendia de onde eu estava vindo. "Eu entendo totalmente. Pode ser difícil ficar em um grupo onde todos têm essas piadas internas e memórias compartilhadas," disse pensativo. "Eu também não sou muito de grandes grupos. Acho que você não consegue realmente se conectar com ninguém em um nível mais profundo quando é apenas mais um entre muitos."

Suas palavras ressoaram em mim, ecoando meus próprios pensamentos sobre dinâmicas de grupo. Era refrescante ouvir que ele compartilhava minha perspectiva.

"Estou feliz em ouvir você dizer isso," admiti, sentindo uma conexão começando a se formar sobre nossas preferências compartilhadas por interações mais significativas. "É por isso que eu normalmente prefiro conversas um a um. Você realmente conhece a pessoa."

"Exatamente!" Jake exclamou, seu entusiasmo evidente. "Então, que tal fazermos essa caminhada agora? Podemos explorar o festival só nós dois. Eu adoraria te mostrar alguns dos meus lugares favoritos."

A oferta era tentadora, muito mais atraente do que vagar sem rumo sozinha ou acompanhar um grupo onde eu me sentia como uma estranha. "Isso parece ótimo," respondi, genuinamente satisfeita com a reviravolta dos eventos. "Há tanto para ver aqui, e eu ainda não tive realmente a chance de explorar muito."

À medida que começamos a caminhar longe das multidões mais densas, o barulho do festival se suavizando ao fundo, Jake apontou várias barracas e atrações. "Ali é a seção de artesanato. Alguns dos artistas locais realmente se destacam. Há um vidraceiro que faz essas esculturas intrincadas. Assistir a ele trabalhar é hipnotizante."

Segui seu olhar para uma barraca onde delicadas figuras de vidro brilhavam sob as luzes do festival, seus detalhes intrincados cintilando. "Isso é lindo," comentei, impressionada com o trabalho artesanal. "É incrível o que as pessoas podem criar."

Enquanto nos aproximávamos da barraca de cerâmica, o oleiro, um homem de meia-idade com uma atitude gentil, nos cumprimentou calorosamente. Ele começou a explicar suas técnicas e as origens de seus materiais. Absorvidos em sua demonstração, assistimos enquanto ele moldava habilidosamente um pedaço de argila em um delicado vaso.

"Sim, é um dos destaques para mim todos os anos," Jake disse, levando o caminho em direção à barraca. "E se você gosta disso, provavelmente vai gostar da barraca de cerâmica logo ali na esquina. O oleiro usa argilas locais e tem esse estilo rústico que é bem único."

Fiquei intrigada com seu conhecimento da cena local e me vi perguntando mais sobre suas experiências. "Então, você sempre esteve envolvido com o festival assim?"

Jake riu, "Praticamente. Minha família faz parte da organização há anos. Eu cresci com isso, pode-se dizer. E você? Qual é a sua maneira favorita de passar um fim de semana?"

Pensei na pergunta dele, apreciando a mudança casual na nossa conversa. "Em Chicago, eu costumava adorar encontrar cafeterias pouco conhecidas ou assistir a shows de música ao vivo no centro. Aqui, eu acho que ainda estou descobrindo."

"Isso soa legal. Bem, você está com sorte com a música ao vivo aqui hoje," Jake apontou, acenando para um pequeno palco onde uma banda local estava se preparando. "Esta cidade pode ser pequena, mas tem seus encantos, especialmente se você gosta de uma vibe mais tranquila."

"Então, e você?" Jake perguntou, sua voz curiosa. "O que te trouxe para nossa pequena cidade de um lugar tão grande quanto Chicago?"

A pergunta era inevitável, mas me fez hesitar. Considerei quanto compartilhar, finalmente optando por uma verdade simples. "Eu precisava de uma mudança de cenário," comecei, minha voz um pouco reflexiva. "Chicago é agitada, barulhenta, e é fácil se sentir perdida na correria infinita. Aqui, parece que você pode realmente fazer parte de uma comunidade em vez de ser apenas mais um rosto na multidão."

Jake ouviu atentamente, assentindo enquanto eu falava. "Eu posso entender isso. Esta cidade tem uma maneira de fazer você se sentir enraizado. É pequena, mas há uma calorosidade aqui que grandes cidades simplesmente não conseguem igualar."

Continuamos nossa caminhada, o caminho se contorcendo por mais barracas e passando por um pequeno palco onde uma banda local estava se preparando para sua apresentação. A atmosfera era aconchegante, e o ambiente menor parecia íntimo, facilitando o prazer simples de boa companhia e uma conversa envolvente.

A noite se estendeu agradavelmente, e enquanto vagávamos, percebi que essa saída improvisada poderia muito bem ser um dos destaques da minha mudança para esta nova cidade—um encontro casual se transformando em uma noite memorável. E, pela primeira vez, não me senti como uma estranha observando de fora.

Enquanto Jake e eu passeávamos pelo festival, as luzes coloridas da seção de parque de diversões chamaram nossa atenção. Era uma área animada, cheia com os sons de risadas e zumbidos mecânicos. Paramos perto da entrada, e Jake apontou para a imponente roda-gigante silhuetada contra o céu noturno.

"Que tal um passeio na roda-gigante?" ele sugeriu, sua voz misturando excitação com um toque de desafio.

Eu ri, balançando a cabeça levemente. "Você sabe, eu acho que prefiro algo um pouco menos aventureiro. Talvez um brinquedo de criança—algo que mantenha os dois pés mais perto do chão!"

Jake se juntou à minha risada, seus olhos brilhando de diversão. "Tudo bem, vamos encontrar algo um pouco menos emocionante então," disse, acompanhando a brincadeira.

Passamos pela roda-gigante, indo em direção aos brinquedos mais suaves. Enquanto passávamos por um carrossel com seus cavalos pintados de forma elaborada movendo-se em um ritmo suave, Jake gesticulou para ele. "Que tal isso? É o mais calmo que você pode encontrar em um festival."

Eu sorri, dando-lhe um empurrão brincalhão. "Você sabe, a roda-gigante é legal. Eu só estava tentando escapar de me divertir demais," confessei, meu tom brincalhão. "Vamos lá. Quero dizer, com que frequência temos a chance de ver o festival de cima, certo?"

Jake riu, satisfeito com minha mudança de ideia. "Esse é o espírito! Vamos fazer disso um passeio para lembrar," disse, levando o caminho de volta à roda-gigante.

Enquanto esperávamos nossa vez, a vibração ao nosso redor zumbia com a excitação dos frequentadores do festival desfrutando da noite. Quando chegou nossa vez de embarcar, subimos na gondola, e à medida que começamos a subir, a vista do terreno do festival se expandiu espetacularmente diante de nós. As luzes do festival cintilavam como um tapete de estrelas abaixo, e os sons distantes de música e conversa flutuavam até nós, criando uma atmosfera mágica.

Andar na roda-gigante revelou-se a escolha perfeita, proporcionando-nos alguns momentos tranquilos longe da agitação. Quando chegamos ao topo, todo o festival se espalhou sob nós—uma vista de tirar o fôlego que parecia um pouco como estar suspensa em um sonho. Compartilhamos a vista em um silêncio confortável, cada um absorvendo a beleza do momento.

"Obrigada por me convencer a vir aqui para cima," disse finalmente, minha voz suave, não querendo quebrar a atmosfera pacífica.

"Qualquer hora," Jake respondeu, seu sorriso gentil na luz das luzes da roda-gigante. "Vale a pena para essa vista."

Enquanto a roda-gigante nos levava mais alto, eu estava absorvendo a vista, sentindo uma emoção pela altura e pelas luzes do festival abaixo. No entanto, assim que chegamos ao ápice da roda, um solavanco repentino nos parou em nossos rastros. Toda a estrutura gemeu suavemente, e então houve silêncio—sem movimento, sem rotação contínua. Estávamos presos, pendurados no ar no ponto mais alto da roda.

Meu choque inicial rapidamente se transformou em ansiedade. "O que aconteceu? Estamos presos aqui?" perguntei, tentando olhar para baixo para os operadores, mas estava muito escuro para distinguir qualquer detalhe.

Jake percebeu a tensão na minha voz e colocou uma mão reconfortante em meu ombro. "Ei, vai ficar tudo bem," disse calmamente. "Provavelmente é apenas um pequeno problema de energia. Esses brinquedos têm geradores de segurança para situações como essa. Eles vão fazer funcionar novamente em pouco tempo."

Apesar de suas palavras tranquilizadoras, eu podia sentir meu coração disparar, a emoção da vista substituída por um medo crescente de estar suspensa tão alto sem uma maneira imediata de descer. Abracei a mim mesma, tentando afastar o ar frio e a preocupação crescente.

"Olhe para mim," Jake disse gentilmente, sua voz firme, mas suave. Ele esperou até que eu encontrasse seus olhos antes de continuar. "Estamos seguros aqui. Essas máquinas são feitas para lidar com muito mais do que um problema de energia. E estamos juntos, certo? Vamos passar por essa pequena aventura assim como temos aproveitado o resto da noite."

Eu assenti, respirando fundo, tentando internalizar sua calma. A parte lógica da minha mente sabia que ele estava certo, mas o medo visceral de estar pendurada no desconhecido era difícil de afastar.

Para nos distrair, Jake começou a apontar várias vistas de nosso ponto suspenso. "Olhe ali—você pode ver todo o layout do festival. E ali está o parque onde vão ter fogos de artifício mais tarde esta noite. Temos os melhores lugares da casa."

Gradualmente, suas palavras, a vista serena e o céu noturno começaram a me puxar de volta do meu pânico. Conversamos sobre as diferentes luzes e atrações que podíamos ver de cima, e lentamente, minha ansiedade diminuiu enquanto eu me concentrava na beleza da cena e na presença constante de Jake ao meu lado.

No silêncio suspenso, nossos olhos se encontraram, e algo mudou—uma conexão sutil e não falada surgindo entre nós.

A mão de Jake encontrou a minha, seus dedos entrelaçando-se com os meus de maneira tão natural que parecia que deveriam se encaixar. "Mia," ele começou, seu tom sério, mas terno, "estou realmente feliz que estamos aqui juntos."

Antes que eu pudesse responder, ele se inclinou mais perto, sua abordagem cuidadosa, mas confiante. O espaço entre nós diminuiu até que eu pudesse sentir sua respiração misturar-se com a minha. Então, seus lábios encontraram os meus em um beijo que era suave, mas deliberado. Não foi apenas um leve toque; era uma conexão suave e duradoura que parecia capturar perfeitamente a essência da noite—inesperada, emocionante, mas profundamente certa.

O beijo se aprofundou ligeiramente, uma exploração cuidadosa que falava de respeito e um desejo de valorizar o momento. Foi um beijo que não exigiu, mas ofereceu, compartilhado voluntariamente entre nós, um dar e receber que parecia tão natural quanto o ar da noite ao nosso redor.

Quando finalmente nos separamos, um sorriso compartilhado floresceu. "Acho que a roda-gigante sabia o que estava fazendo," Jake brincou levemente, seus olhos brilhando com uma mistura de humor e algo mais terno.

"Estou nervosa demais para brincar sobre isso," eu ri, o som se misturando com a nova agitação do festival enquanto a roda começava a se mover novamente, descendo lentamente em direção ao chão. A pausa em nossa ascensão nos ofereceu uma rara pausa na vida—um momento suspenso no tempo onde a única coisa que importava era a conexão que havia se aprofundado entre nós.

Enquanto a roda-gigante nos levava de volta ao barulho e às luzes do festival, o beijo permanecia em minha mente, uma marca doce e vívida que prometia mais do que apenas um passeio compartilhado em uma atração de parque de diversões.

CAPÍTULO 11

O som do meu despertador cortou agudamente o silêncio do meu quarto, me puxando das suaves tendrils do sono para o brilho de um novo dia. Eu gemi suavemente, meu rosto sentindo a impressão da textura do travesseiro, e meu cabelo espalhado em um halo caótico ao redor da minha cabeça. A realidade da manhã sempre parecia mais dura quando a névoa sonolenta do sono ainda se agarrava aos meus sentidos.

Relutantemente, eu balancei minhas pernas para fora da cama e caminhei pelo chão frio em direção à cozinha. A rotina de começar meu dia era reconfortante, quase automática. Preparei a cafeteira, o gorgolejo e o gotejamento familiares proporcionando um pano de fundo reconfortante enquanto eu pegava um pente para lidar com meu cabelo rebelde.

Parada ao lado do balcão da cozinha, com o café fervendo, comecei a pentear os nós, cada movimento me ajudando a organizar não apenas meu cabelo, mas também meus pensamentos. Apesar da rotina calma, uma parte de mim estava hiperconsciente da proximidade das minhas janelas. Depois do inesperado, mas encantador, final da noite passada na roda-gigante com Jake, senti uma nova autoconsciência por estar tão visível. O pensamento de olhar casualmente para fora e vê-lo ali fez minhas bochechas esquentarem com uma mistura de embaraço e excitação.

Com um leve balançar de cabeça, eu me repreendi por ser boba. Ele provavelmente ainda não estava acordado. Ainda assim, não pude evitar de evitar olhar para fora, focando em vez disso em servir-me uma xícara de café recém-preparado.

Enquanto o rico aroma do café preenchia o ar, prometendo um impulso necessário de vigília, lembrei-me do meu telefone. Eu não o havia checado desde a noite passada. Pegando-o, notei uma nova mensagem que fez meu coração disparar—uma mensagem de Jake.

"Bom dia, obrigado pela companhia na noite passada," dizia o texto. Palavras simples, mas que carregavam o peso de todos os sentimentos não ditos da noite anterior. Minha reação inicial foi uma onda de calor que se espalhou por mim, minhas bochechas formigando com um rubor enquanto meu coração acelerava um pouco mais rápido.

Eu encarei a mensagem, incerta de como responder. Uma parte de mim queria escrever algo espirituoso ou sincero, mas meu cérebro parecia envolto pela sonolência e pela súbita onda de excitação nervosa. Decidindo que precisava estar totalmente acordada para lidar com isso, coloquei o telefone de volta ao lado da minha caneca de café.

"Café primeiro," murmurei para mim mesma, tomando um gole profundo do líquido quente e amargo. O calor do café era reconfortante, e eu tomei um momento para saboreá-lo, deixando-o limpar as teias de aranha do sono e o flutter de nervos.

A cada gole, eu me sentia mais presente, mais capaz de lidar com as emoções que o dia tinha reservado. Depois de terminar meu café, eu responderia a Jake, decidi.

Totalmente cafeinada e me sentindo um pouco mais composta, peguei meu telefone novamente. A mensagem de Jake ainda brilhava na tela, suas palavras provocando um flutter em meu estômago que o café sozinho não conseguia acalmar. Respirando fundo, digitei uma resposta, buscando um tom que fosse leve e sincero.

"Bom dia! A noite passada foi muito boa. Obrigada pela companhia."

Depois de enviar, coloquei o telefone de lado e exalei lentamente, tentando não pensar demais na simplicidade da minha mensagem. A expectativa de esperar pela resposta dele era quase tão angustiante quanto decidir o que dizer.

Decidindo me distrair, fui me preparar para o dia. Enquanto eu tomava banho e me vestia, pensamentos sobre a noite anterior passavam pela minha mente como uma música favorita. A altura da roda-gigante, as risadas compartilhadas e a pressão suave dos lábios de Jake contra os meus—tudo parecia um sonho maravilhoso do qual eu não havia despertado totalmente.

Vestida e um pouco pronta para enfrentar o dia, voltei à cozinha para limpar meus pratos de café da manhã. Assim que estava enxaguando uma caneca, meu telefone vibrou. Uma onda de excitação percorreu meu corpo. Sequei as mãos em uma toalha e verifiquei a notificação.

Era Jake. Sua resposta trouxe um sorriso involuntário ao meu rosto.

"Fico feliz que você tenha gostado tanto quanto eu. Que tal pegarmos um café mais tarde hoje? Há um pequeno café que acho que você vai adorar."

O convite era casual, mas claramente intencional. Parecia que Jake estava tão interessado em explorar para onde essa nova conexão poderia ir. Meu coração disparou com a perspectiva de vê-lo novamente tão cedo, sob circunstâncias bem menos dramáticas do que a parada aérea da noite passada.

"Parece perfeito," eu digitei de volta. "Que horas?"

Enquanto organizávamos os detalhes, a nervosidade que eu sentia antes começou a se transformar em antecipação. Hoje estava se moldando para ser bem diferente de qualquer dia comum, cheio de potencial e a promessa de novos começos.

Com os planos definidos, terminei minhas tarefas e peguei minha bolsa. Ao sair, respirei profundamente o ar fresco da manhã, sentindo-me mais viva do que há muito tempo.

"Parece perfeito," eu digitei de volta após o convite de Jake, meu entusiasmo tingido com um pouco de realidade. "Tenho trabalho até o final da tarde, mas que tal nos encontrarmos por volta das 5:30?"

Enquanto finalizávamos os detalhes, o flutter de excitação que eu sentia foi temperado com o foco necessário para as responsabilidades do dia. Entrar em um dia de trabalho normal após uma noite como a passada parecia um pouco surreal, mas a perspectiva do nosso encontro para o café mais tarde proporcionava um ponto delicioso para se aguardar.

Com os planos acertados, finalizei minha rotina matinal e peguei minhas coisas para o trabalho. Conferindo minha aparência no espelho mais uma vez, acenei para mim mesma, pronta para enfrentar o dia com o impulso adicional da antecipação pelo que a noite traria.

Caminhando para o trabalho, o ar fresco ajudou a clarear minha mente, permitindo que eu mudasse meus pensamentos da excitação pessoal de volta ao modo profissional. Por mais que eu estivesse ansiosa para ver Jake novamente, eu sabia da importância de manter meu foco na galeria. Hoje, eu precisava estar totalmente presente lá, para gerenciar uma nova instalação de exposição que exigia minha atenção e cuidado.

Durante o dia, enquanto eu media espaços, ajustava a iluminação e discutia a colocação com artistas e colegas, meu telefone vibrou ocasionalmente com mensagens de Jake. Cada uma trazia um sorriso rápido ao meu rosto, um lembrete da noite que estava por vir. Mantivemos a conversa leve, compartilhando detalhes sobre nosso dia, a troca fácil ajudando a fazer as horas passarem mais rapidamente.

No meio de rearranjar uma nova instalação, Lila se aproximou de mim com sua energia usual e enérgica. "Mia, o que você acha de mover a peça do Rothko um pouco para a esquerda? Pode captar melhor a luz do claraboia à tarde," ela sugeriu, seu olhar atento examinando a disposição da galeria.

"Isso parece uma boa ideia," eu respondi, dando um passo atrás para visualizar a mudança. "Vamos tentar movê-la e ver como se comporta com a luz natural ao longo do dia."

Enquanto cuidadosamente ajustávamos a posição da pesada moldura, Lila conversou sobre a próxima exposição. "Estamos recebendo bastante interesse já. Recebi ligações de alguns colecionadores que estão ansiosos para ver as novas peças. Podemos até ter um recorde de público para a inauguração."

"Isso é fantástico," eu respondi, genuinamente contente. "Parece que a galeria realmente está ganhando impulso. É emocionante fazer parte disso."

"Absolutamente," Lila concordou, seus olhos brilhando. "E suas ideias frescas realmente ajudaram. A propósito, você pensou mais sobre aquele conceito de exibição interativa que mencionou na semana passada?"

Eu assenti, animada para discutir mais. "Sim, estive esboçando como poderíamos integrar elementos digitais sem sobrecarregar as peças tradicionais. Acho que isso poderia atrair um público mais amplo, especialmente visitantes mais jovens."

Lila ouviu atentamente, acenando enquanto eu delineava a estrutura básica. "Eu adoro. Vamos agendar uma reunião na próxima semana para aprofundar isso. Pode ser uma ótima adição à programação da próxima temporada."

"Combinado," eu afirmei, satisfeita com seu entusiasmo.

Finalmente, enquanto o relógio se aproximava das 5, comecei a finalizar meu trabalho, minha antecipação pela noite com Jake crescendo. Organizei meu espaço de trabalho, verifiquei como estavam meus colegas e me certifiquei de que tudo estava pronto para o dia seguinte. Com um último olhar ao redor da galeria, senti uma sensação de realização pelo trabalho do dia.

Assim que estava prestes a sair pela porta, mentalmente me preparando para uma noite relaxante, a voz de Lila ecoou de seu escritório, carregada com aquele tom específico que significava 'favor urgente'. "Mia, você poderia entrar aqui um momento?"

Virei-me, soltando um leve suspiro, e caminhei de volta em direção ao escritório iluminado de Lila. Ela estava em meio a um caos de papéis e catálogos de arte, parecendo levemente atrapalhada—uma visão rara para alguém geralmente tão composta.

"Oi, o que houve?" eu perguntei, apoiando-me na moldura da porta.

Lila olhou para cima com uma mistura de desculpa e travessura em seus olhos. "Eu odeio fazer isso com você, especialmente agora, mas você poderia me ajudar com algumas coisas? Nossa nova remessa de pedestais de exibição chegou, e os entregadores, coitados, decidiram que o melhor lugar para eles era bem atrás do meu carro."

Levantei uma sobrancelha, meus planos de sair a tempo pendendo por um fio. "Então, você quer que eu os mova?"

"Se você puder," Lila disse, me dando seu melhor sorriso de 'você é uma salvadora'. "E, uh, mais uma coisinha pequena. A impressora decidiu entrar em guerra contra mim hoje. Preciso imprimir essas etiquetas para a configuração de amanhã, e ela está apenas soltando hieróglifos."

Rindo da absurdidade de tudo isso, eu assenti. “Tudo bem, vamos lidar primeiro com os pedestais, depois eu enfrentarei sua impressora teimosa.”

Fomos até o estacionamento, onde, de fato, uma pilha de grandes caixas bloqueava ominosamente o carro de Lila. Com um pouco de manobra e mais do que um pouco de esforço, limpamos um caminho, cada caixa parecendo mais pesada que a anterior, provavelmente cheia de chumbo, eu brinquei, o que fez Lila rir de cansaço.

Uma vez vitoriosos sobre o bloqueio dos pedestais, voltamos ao escritório dela para enfrentar a impressora rebelde. “Certo, o que você já tentou até agora?” eu perguntei, olhando para a máquina como se ela pudesse revelar seus segredos para mim.

“Eu desliguei e liguei de novo,” Lila disse, um toque de desespero se infiltrando em sua voz.

“Clássico,” eu respondi com um sorriso. “Vamos ver se ela respeita minha autoridade melhor.”

Depois de vários minutos de solução de problemas, envolvendo uma combinação de apertos de botão e fervorosas orações aos deuses da tecnologia, a impressora, relutantemente, começou a produzir etiquetas legíveis. Lila bateu palmas de alegria, seu alívio palpável.

“Obrigada, Mia. Eu te devo uma,” Lila disse, sua gratidão sincera.

“Sem problemas,” eu disse, rindo enquanto finalmente saía, os inesperados desvios do dia adicionando uma camada cômica ao que eu esperava que ainda fosse uma noite relaxante.

Ao sair da galeria, finalmente senti que havia escapado de um set de sitcom. A cada passo em direção à liberdade, eu meio que esperava que Lila saísse pela porta, brandindo mais um equipamento de escritório rebelde que precisava de dominação imediata. Eu ri sozinha, imaginando que sua próxima batalha poderia ser com a laminadora, que eu tinha evitado taticamente desde que desenvolveu um apetite por mais do que apenas folhas de plástico.

"Eu juro, se ela conseguir travar a impressora de novo e sua voz carregar até aqui, eu vou mudar meu nome e me mudar para outra cidade," murmurei para mim mesma, prometendo a mim mesma que correria mais rápido do que o sinal de Wi-Fi pudesse viajar se eu ouvisse "Mia!" ecoando pela rua.

A caminhada até o café não era longa, mas me deu tempo suficiente para mudar de marcha dos imprevistos da galeria para o que eu esperava que fosse uma noite muito mais tranquila. Eu já podia ver Jake esperando do lado de fora do café, sua postura casual e sorriso relaxado instantaneamente diminuindo meus níveis de estresse. Sua presença era como o equivalente humano de apertar o botão 'atualizar' em uma página caótica.

Enquanto me aproximava, acenei, meus passos acelerando com a antecipação misturada com uma pitada de alívio. "Cheguei sem mais desastres tecnológicos," anunciei ao alcançá-lo, grata pela normalidade que ele prometia. "Como foi seu dia? Espero que menos agitado que o meu?"

Jake riu, claramente percebendo minha energia atordoada. "Bem, agora estou curioso. Parece que você teve uma aventura e tanto. Vamos pegar nossos cafés e você pode me contar tudo sobre seu dia como suporte técnico da galeria."

Sorrindo, concordei, sentindo os últimos vestígios do caos do dia se dissiparem. Enquanto entrávamos no café, o caloroso aroma do café nos envolveu—um cenário perfeito para relaxar e talvez, apenas talvez, criar algumas memórias menos caóticas.

Jake nos guiou até uma pequena mesa perto da janela, um local ideal para observar as pessoas e desfrutar da luz do final da tarde. Nos acomodamos, e ele gesticulou para um garçom que veio prontamente.

"O que você vai querer?" Jake perguntou, olhando para mim com uma sobrancelha levantada, como se estivesse avaliando se eu precisava de algo forte para me recuperar do meu dia.

"Eu acho que vou precisar do latte mais forte que você tiver, e talvez adicionar um pouco de tranquilidade se isso estiver no menu," brinquei, tentando sacudir os últimos vestígios da guerra com a impressora.

Jake riu e se virou para o garçom. "Vamos levar dois lattes, por favor. Façam-nos bem fortes, e joguem também alguns daqueles muffins duplos de chocolate."

O garçom acenou e se afastou, deixando-nos em um silêncio confortável que convidava a uma conversa mais profunda. Eu me inclinei para trás na cadeira, apreciando a mudança de ritmo. "Então, quanto à minha aventura de hoje, digamos que as coisas tecnológicas da galeria decidiram testar minha paciência. Foi como um museu de tecnologia onde tudo é interativo, especialmente a impressora."

Jake riu, seus olhos iluminando-se de diversão. "Tão ruim assim, hein?"

"Você não tem ideia. Eu estava a um passo de me tornar uma mecânica de impressoras em tempo integral. Mas, sério, é apenas mais um dia na galeria—equilibrando arte com a arte da manutenção."

Ele sorriu, sua atenção totalmente em mim. "Bem, você lida com isso como uma profissional. Mas espero que essa pausa para o café possa ser um pouco menos agitada."

Nossos cafés e muffins chegaram, e ambos alcançamos os muffins, desfrutando de um momento de doçura compartilhada. À medida que tomávamos nossos cafés, o mundo lá fora parecia desacelerar.

À medida que a conversa fluía, percebi que apreciava a vibe tranquila entre nós. Havia uma empatia natural que parecia ao mesmo tempo emocionante e profundamente confortável. Falei a ele sobre minhas aspirações, minha mudança para a cidade e como cada dia trazia algo novo. Ele compartilhou suas experiências crescendo aqui, as mudanças que viu e suas aventuras além da cidade.

"Às vezes, é bom apenas sentar e absorver tudo," Jake disse, gesticulando para o café agitado ao nosso redor. "A vida é corrida, mas esses momentos, esses momentos simples e tranquilos, realmente importam."

Enquanto nos acomodávamos no calor do café, Jake se inclinou para frente, uma curiosidade brincalhona brilhando em seus olhos. "Então, você mencionou restauração de arte no festival. Qual é a peça mais maluca que você já trabalhou?" ele perguntou, tomando um gole de seu café.

Eu ri, relembrando a memória. "Oh, você vai adorar isso. Uma vez, fui encarregada de restaurar uma pintura do século XIX que o proprietário jurava estar assombrada. Toda noite, eles afirmavam ouvir sussurros vindo da moldura!"

As sobrancelhas de Jake se ergueram, seu interesse despertado. "Assombrada? Sério? Você ouviu algo enquanto trabalhava nela?"

Eu balancei a cabeça, rindo. "Sem sussurros, mas a moldura realmente rangia de forma ominosa quando eu a movia, o que não ajudava meus nervos. Acabou sendo apenas madeira velha se acomodando, ou pelo menos é o que eu digo a mim mesma."

Jake riu, seus olhos se apertando nos cantos. "Isso é incrível. Parece que você teve dias bem interessantes no trabalho. Faz o dia a dia na marcenaria parecer um pouco mundano!"

"Talvez, mas tenho certeza de que você também tem algumas histórias. Qual foi o pedido mais estranho de móveis personalizados que você já teve?" perguntei, genuinamente curiosa sobre suas experiências.

"Bem," ele começou, um sorriso se espalhando pelo seu rosto, "mês passado, alguém me pediu para construir uma cama que pudesse acomodar toda a família. Estamos falando de uma cama para seis pessoas, incluindo todos os seus pets!"

Eu ri alto, quase derramando meu café. "De jeito nenhum! Você realmente a construiu?"

"Construí," Jake confirmou, acenando com uma mistura de orgulho e diversão. "Foi um desafio, mas eles ficaram empolgados com o resultado. Eles até me enviaram um cartão de Natal com toda a família e seus pets relaxando nela."

Nossa conversa fluiu facilmente a partir daí, saltando de pedidos de trabalho excêntricos a sonhos de viagem. Jake falou sobre seu desejo de visitar a Europa um dia, seus olhos brilhando enquanto ele descrevia a arquitetura antiga e a marcenaria personalizada que adoraria ver.

"E você? Algum sonho de viagem?" ele perguntou, recostando-se com a xícara de café cravada nas mãos.

Pensei por um momento, depois sorri. "Eu adoraria ir ao Japão. A arte, a cultura, a tecnologia—parece um mundo à parte. Além disso, a comida sozinha vale a viagem."

"Japão parece incrível," Jake concordou, acenando entusiasticamente. "Você vai ter que trazer muitas fotos. Talvez você até possa dar uma aula sobre arte japonesa na galeria quando voltar."

"Isso seria algo," eu refleti, imaginando as possibilidades. "E você? Se pudesse escolher um lugar para viver por um ano, onde seria?"

Jake considerou isso, seu olhar se desviando para a janela antes de voltar para mim. "Honestamente? Acho que escolheria um lugar como a Nova Zelândia. É pacífica, bonita, e eles têm uma rica tradição de marcenaria. Além disso, eu poderia aprender a surfar sem me preocupar com ataques de tubarão—supostamente."

À medida que o café começou a apagar as luzes, sinalizando uma leve sugestão de fechamento, nenhum de nós parecia pronto para encerrar a conversa. Sentindo isso, Jake olhou ao redor e depois de volta para mim com um sorriso travesso.

"Como eles estão prestes a nos expulsar, que tal uma pequena competição?" ele propôs, seus olhos brilhando com um desafio brincalhão. "Vamos ver quem consegue criar o design de móveis mais absurdo na hora. O vencedor escolhe nosso próximo local de café?"

Eu ri, encantada com a ideia. "Você está dentro! Mas esteja avisado, eu já vi algumas peças de arte bem malucas que poderiam inspirar móveis insanos."

Jake acenou, fingindo seriedade. "Certo, aqui vai. Que tal uma cadeira que também seja um aquário? Você pode relaxar e assistir seus peixes nadando bem embaixo de você."

"Isso é realmente incrível," eu admiti com uma risada. "Ok, minha vez. Que tal um sofá que se transforma em uma esteira? Você pode correr enquanto senta. Perfeito para quem quer se exercitar, mas também sente vontade de relaxar."

Jake riu alto. "Essa é uma rotina de exercícios que eu poderia apoiar! Certo, sua ideia pode ser difícil de superar, mas aqui vai outra: uma mesa de jantar que abaixa a comida do teto. Cada prato desce de cima quando você aperta um botão. É como um jantar e um show combinados."

Eu bati palmas, entretida com a visão. "Brilhante! Muito Willy Wonka. Mas que tal uma cama que balança suavemente para você dormir? Ela pode imitar o movimento de um barco balançando em águas calmas."

"Uau, isso seria incrivelmente relaxante," Jake disse, acenando em aprovação. "Você tem um verdadeiro talento para isso. Ok, última: uma estante que lê os títulos em voz alta quando você passa a mão pelas lombadas. Poderia ajudar pessoas com deficiência visual ou apenas tornar a escolha de uma história para dormir um pouco mais mágica para as crianças."

"Essa é realmente uma ideia linda, Jake. Você pode querer considerar fazer essa," eu disse, genuinamente impressionada.

Enquanto ríamos e brainstormávamos mais invenções caprichosas, a equipe do café começou a empilhar cadeiras e fazer a limpeza. Percebendo que realmente precisávamos sair, nos levantamos relutantemente, mas a leveza de nossos espíritos não havia diminuído.

Ao sairmos do café, Jake olhou para a rua onde o suave brilho das luzes da rua iluminava a entrada do parque. "Que tal continuarmos isso com uma caminhada no parque? Parece uma maneira perfeita de digerir todo aquele café e bolo."

Eu acenei entusiasticamente. "Eu adoraria isso. É uma noite tão agradável."

CAPÍTULO 12

Caminhando lado a lado, entramos no parque, onde a atmosfera mudava para um espaço mais tranquilo e aberto. Os caminhos estavam pontilhados com pessoas desfrutando do ar mais fresco da noite—alguns estavam correndo, outros sentados em bancos absorvidos em livros ou conversas.

Enquanto caminhávamos ao longo do caminho, notamos um grupo reunido em uma ampla extensão de grama. O som de música animada pairava no ar, e, ao nos aproximarmos, vimos que era um grupo de dança da academia local, seus movimentos sincronizados e enérgicos.

"Parecem estar se divertindo," comentei, observando o grupo se mover em ritmo.

Jake riu. "Eles estão! Já ouvi falar dessas sessões ao ar livre, mas nunca vi uma. Dizem que é uma ótima maneira de relaxar após o trabalho."

"Você já tentou algo assim?" perguntei, curiosa.

"Aulas de dança? Não posso dizer que já. Meu ritmo é bem questionável. Eu poderia representar um perigo para qualquer um que estivesse ao meu alcance," ele brincou, demonstrando um movimento de dança cômico e desajeitado.

Eu ri, dando um passo para trás brincando. "Tão ruim assim? Bem, talvez seja melhor você ficar na marcenaria. Embora, poderia ser divertido participar de uma aula assim. Já pensou em tentar por diversão?"

Jake considerou, observando os dançarinos por um momento. "Talvez. Se você for comigo. Assim, se eu cair, você pode pelo menos garantir que eu não derrube a turma toda."

"Fechado, mas só se você prometer me pegar se eu tropeçar primeiro," contra-argumentei, a ideia de repente parecendo atraente.

Continuamos nossa caminhada, o caminho contornando um pequeno lago onde alguns patos tardios se acomodavam para a noite. O sol poente lançava um brilho quente sobre a água, criando uma cena pitoresca.

"Isso é realmente agradável," Jake disse, seu tom reflexivo. "Não venho aqui com frequência suficiente. É fácil esquecer como pode ser pacífico."

"É," concordei, absorvendo os arredores serenos. "É como uma pequena fuga no meio da cidade. Faz você apreciar as coisas simples."

Enquanto voltávamos para o caminho principal, nossa conversa fluiu de brincadeiras leves para histórias mais pessoais.

"Foi realmente ótimo passar esse tempo com você," Jake finalmente disse enquanto nos aproximávamos da saída do parque, sua voz sincera. "Eu não esperava que meu dia terminasse assim, mas estou feliz que terminou."

"Eu também," respondi, sentindo uma sensação de contentamento. "Foi uma noite maravilhosa. Obrigada por sugerir isso."

Ao chegarmos à saída, a luz que diminuía nos lembrou de que a noite estava chegando ao fim. Mas a conexão que formamos prometia mais noites como essa, mais momentos compartilhados e novas experiências juntos.

"Vamos fazer isso de novo em breve," Jake sugeriu, seu sorriso esperançoso.

"Eu gostaria," disse, retribuindo seu sorriso. "Vamos definitivamente fazer isso."

À medida que nos aproximávamos do lago, o suave som da água batendo na margem trouxe uma presença calmante à noite. Jake nos guiou até um banco situado perfeitamente para visualizar a água sob os tons que se apagavam do pôr do sol. Sentamos, a serenidade do cenário envolvendo-nos.

Após um momento de silêncio confortável, Jake se virou para mim com uma expressão suave. "Então, me fale sobre sua família? Eles são daqui também?"

Eu hesitei, então respirei fundo. "Na verdade, ambos os meus pais faleceram. Minha mãe, recentemente. Tem sido difícil, mas estou conseguindo."

O rosto de Jake imediatamente mostrou preocupação. "Sinto muito, não quis trazer à tona algo doloroso," ele disse rapidamente.

"Está tudo bem," o tranquilizei, dando um pequeno sorriso. "Estou fazendo terapia, e realmente ajuda a lidar com tudo que aconteceu. É parte do motivo pelo qual me mudei para cá, em busca de um novo começo, sabe?"

Ele acenou, seus olhos mostrando compreensão. "Você é muito forte, Mia. É admirável como você está lidando com tudo isso."

Querendo manter a conversa leve, ele rapidamente mudou de assunto. "Então, falando em novos começos, como têm sido seus relacionamentos? Algo sério antes de vir para cá?"

A pergunta me pegou um pouco de surpresa, mas decidi ser honesta. "Bem, na verdade, me mudei para cá em parte porque meu último relacionamento terminou mal. Descobri que estava sendo traída, o que só acrescentou à necessidade de um novo começo."

Jake fez uma careta de simpatia, então tentou uma piada nervosa: "Oh certo, acho que estou em uma maré de trazer os piores tópicos para arruinar a noite para você, né?"

Eu ri, balançando a cabeça. "Não, de jeito nenhum. É tudo parte da minha história, e está tudo bem, realmente. Falar sobre essas coisas, é como deixá-las ir, um pouco de cada vez."

Jake sorriu, aliviado. "Bem, se estamos compartilhando, eu também não tive muita sorte no amor. Nada dramático, apenas nunca foi o encaixe certo, sabe?"

Enquanto continuávamos nossa caminhada tranquila pelo parque, Jake nos guiou em direção ao lago. A área era mais silenciosa, com menos pessoas ao redor, e encontramos um banco isolado à beira da água. Sentando-nos, ambos apreciamos a vista pacífica—uma brisa suave ondulando a superfície do lago sob o céu suavemente escurecendo.

Após um momento de silêncio confortável, Jake se virou para mim, sua expressão aberta e curiosa. "Então, me fale sobre sua família. Como eles são?" ele perguntou gentilmente.

Parei, reunindo meus pensamentos. "Bem, meus pais já faleceram. Minha mãe, recentemente. Tem sido muito difícil," admiti, as palavras pesadas, mas honestas.

O rosto de Jake imediatamente mostrou preocupação. "Oh, sinto muito, não quis trazer à tona um assunto difícil," ele disse rapidamente, sua voz preenchida com genuíno arrependimento.

"Está tudo bem," o tranquilizei, conseguindo um pequeno sorriso. "Tenho visto um terapeuta para ajudar a lidar com tudo. Realmente ajuda a conversar."

"Você é muito forte," ele respondeu sinceramente, sua admiração clara. Ele fez uma pausa por um momento, aparentemente buscando um tópico mais leve para mudar a conversa. "Então, e relacionamentos? Há alguém especial esperando por você na cidade?"

Eu ri suavemente, apreciando sua tentativa de levar a conversa a águas mais seguras, mesmo que ele sem querer tivesse desviado para outra área sensível. "Na verdade, me mudei para cá em parte por causa de um relacionamento que não deu certo. Fui traída, e simplesmente parecia certo começar de novo em algum lugar novo."

Jake fez uma careta de simpatia, então soltou uma risada nervosa. "Certo, acho que realmente estou escolhendo os piores tópicos esta noite. Desculpe, não quero estragar nossa noite."

"Está tudo bem," assegurei a ele, tocada por sua preocupação, mas encontrando humor na situação. "A vida acontece, e falar sobre isso, mesmo as partes bagunçadas, parece meio libertador, na verdade."

Encorajado pela minha resposta, Jake acenou, sua expressão relaxando. "Essa é uma maneira saudável de ver as coisas. Mas vamos tentar algo um pouco mais alegre," ele sugeriu com um sorriso brincalhão. "Qual é algo que você sempre quis fazer, mas nunca teve a chance?"

Essa pergunta gerou uma discussão animada sobre sonhos e aspirações. Falei sobre meu desejo de aprender outra língua e talvez tentar paraquedismo, enquanto Jake compartilhou seu desejo menos adrenalínico, mas igualmente ambicioso, de construir seus próprios móveis do zero e talvez abrir uma pequena loja um dia.

À medida que o céu escurecia e as estrelas começavam a aparecer, nossa conversa vagava por vários tópicos, cada um mais leve que o anterior. Compartilhamos histórias engraçadas, nossos filmes e livros favoritos, e até debatemos sobre o melhor tipo de pizza.

Enquanto estávamos sentados no banco à beira do lago, o som tranquilo da água batendo suavemente na margem se misturava com nossas risadas suaves. A conversa, antes pesada com tópicos mais difíceis, havia se tornado leve, elevando o humor em uma mistura agradável de sinceridade e leveza.

À medida que a noite avançava, nenhum de nós parecia ansioso para deixar o cenário pacífico. Finalmente, percebendo uma pausa em nossa conversa, Jake se virou para mim com um olhar pensativo. "Você sabe, apesar dos tópicos montanha-russa, realmente gostei da noite. Foi... refrescante."

Eu sorri, sentindo o mesmo. "Eu também. Não é todo dia que você encontra alguém com quem pode conversar sobre praticamente qualquer coisa."

Houve um momento de silêncio enquanto ambos absorvíamos a atmosfera serena—então Jake fez algo inesperado. Ele se inclinou mais perto, seus olhos segurando os meus em um olhar fixo que parecia conter uma pergunta. O ar entre nós parecia carregar expectativa.

Sem mais palavras, seus lábios encontraram os meus. O beijo foi espontâneo, mas gentil, hesitante no início, como se estivesse testando as águas, depois se tornando mais confiante à medida que eu respondia. Foi um reflexo perfeito da noite—inesperado, um pouco aventureiro e, em última análise, certo.

Quando nos afastamos, o mundo ao nosso redor voltou a se concentrar—o lago, o céu noturno, os sons distantes da cidade. Nós dois rimos suavemente, uma mistura de nervos e empolgação.

"Uau, eu não planejei isso," Jake admitiu, sua voz baixa. "Mas não estou exatamente arrependido de ter feito."

"Eu também não," respondi, meu coração ainda acelerado um pouco. "Parece o final perfeito para uma noite incomum, mas incrível."

Nos levantamos, demorando um momento ao lado do banco. A intimidade repentina havia mudado algo entre nós, aprofundando a conexão nascente em algo mais tangível.

Enquanto nos sentávamos à beira do lago, o silêncio ao nosso redor parecia um suave cobertor, reconfortante e íntimo. Jake se virou para mim, uma leve hesitação em seus movimentos que contradizia sua confiança habitual. A lua refletia em seus olhos, fazendo-os brilhar com uma mistura de emoções.

"Mia," ele começou, sua voz um sussurro na noite tranquila, "há algo sobre esta noite que parece... diferente, especial até."

Senti meu coração acelerar, atraída pela intensidade de seu olhar. Antes que eu pudesse responder, ele se inclinou, fechando a distância entre nós, seus lábios encontrando os meus em um beijo suave e exploratório. Foi doce e leve, durando o suficiente para me fazer desejar mais.

Quando nos separamos, um sorriso tímido brincava em seus lábios. Eu retribuí seu sorriso, meus nervos agitando-se como borboletas em meu estômago. Não era apenas o beijo; era a promessa de algo mais profundo, algo que nenhum de nós havia planejado, mas que ambos esperávamos silenciosamente que se desenrolasse.

Não querendo que o momento terminasse, Jake se inclinou mais uma vez, desta vez com um pouco mais de confiança. Sua mão encontrou a parte inferior das minhas costas, puxando-me para mais perto. Nosso segundo beijo foi mais firme, mais assertivo. Seus lábios se moviam contra os meus com uma paixão que ecoava meus próprios sentimentos crescentes. O beijo se aprofundou, e eu respondi, minhas próprias mãos explorando a nuca dele, puxando-o ainda mais.

O mundo ao nosso redor parecia desaparecer—éramos apenas Jake e eu e a noite, envoltos em uma bolha de afeto e desejo recém-descobertos. Quando finalmente nos separamos, ambos sem fôlego, havia uma compreensão mútua de que algo significativo acabara de começar.

"Uau," Jake exclamou, sua testa repousando contra a minha. "Eu não esperava por isso."

"Eu também não," murmurei de volta, não querendo me afastar, aproveitando a proximidade e o gosto dele ainda em meus lábios.

Ele riu suavemente, sua respiração fazendo cócegas em meu rosto. "Acho que a noite tinha outros planos para nós."

Eu assenti, incapaz de tirar o sorriso do meu rosto. "Fico feliz que tenha tido."

Relutantemente, ambos nos levantamos do banco, ainda próximos, ainda nos segurando. Jake pegou minha mão novamente, seu aperto firme e reconfortante. "Vamos dar uma caminhada," ele sugeriu, sua voz suave, mas cheia de um novo calor.

Enquanto caminhávamos de mãos dadas pelo parque, de volta à cidade, nossos passos eram lentos, ambos saboreando a nova conexão que se aprofundava a cada beijo. A cada poucos passos, parávamos, atraídos para outro beijo, cada um afirmando a atração mútua e o conforto que encontramos um no outro.

Enquanto nos dirigíamos de volta à cidade, ainda desfrutando do calor de nossos momentos compartilhados, o telefone de Jake repentinamente quebrou o feitiço, vibrando alto de seu bolso. Ele o puxou, olhou para a tela e rapidamente silenciou com um movimento do polegar. "Desculpe por isso," ele disse, oferecendo-me um sorriso apologético enquanto guardava o telefone.

"Não é nada," ele me assegurou, estendendo a mão novamente enquanto continuávamos nossa caminhada. A interrupção foi breve, e logo estávamos perdidos novamente em nossa conversa, rindo e planejando quando poderíamos nos ver novamente.

Mas assim que cruzamos para uma rua mais tranquila, o telefone dele tocou novamente, insistente e estridente contra o fundo pacífico da noite. Desta vez, a expressão de Jake mudou enquanto ele puxava o telefone de seu bolso mais uma vez. Ele olhou para o identificador de chamadas, suas sobrancelhas se franzindo levemente de aborrecimento ou preocupação—era difícil dizer.

A expressão de Jake se apertou levemente enquanto ele puxava o telefone para fora mais uma vez, seu polegar pairando sobre o botão de recusa. "Não posso falar agora," ele disse ao telefone, seu tom firme, mas tenso, indicando a urgência e a sensibilidade da chamada.

"Ei, eu disse que não agora," ele falou novamente ao telefone, seu tom firme, mas tenso, como se tentasse manter a conversa leve apesar da urgência em sua voz. Ele se virou ligeiramente, uma tentativa sutil de proteger a chamada de mim. "Sim, não posso falar. Eu te ligo mais tarde."

Ele encerrou a chamada rapidamente e colocou o telefone de volta em seu bolso, seu rosto retornando ao calor anterior enquanto se virava para mim. "Sinto muito por isso. Apenas um velho amigo que não entende sobre timing," ele disse com uma risadinha leve, tentando desviar a atenção da interrupção.

Eu assenti, dando-lhe um sorriso tranquilizador. "Está tudo bem. Parece importante, porém. Se você precisar atender—"

"Não, não," Jake interveio rapidamente, balançando a cabeça. "É nada que eu não possa lidar depois. Hoje à noite é sobre nós, e eu não quero que nada estrague isso."

Seu sorriso determinado era convincente, e sua mão encontrou a minha novamente, apertando-a suavemente como para reafirmar seu compromisso com nossa noite. Retomamos nossa caminhada, a conversa fluindo de volta para tópicos mais leves. Mas uma parte de mim não podia deixar de se perguntar sobre a chamada, sobre a urgência em sua voz, e o que isso poderia significar, a facilidade e a abertura que haviam marcado nosso tempo juntos até agora haviam se dissipado em preocupação e trauma.

CAPÍTULO 13

O suave sol da manhã filtrava-se pelas cortinas de renda da minha cabana, lançando um brilho sereno pelo quarto onde eu estava preparada para minha sessão semanal de terapia. Posicionada confortavelmente em minha pequena mesa, laptop aberto, eu aguardava a conexão da videochamada com a Dra. Louise. Essas sessões haviam se tornado uma espécie de santuário, um momento para desvendar os pensamentos que povoavam minha mente ao longo da semana.

Quando a chamada se conectou, o rosto amigável da Dra. Louise apareceu na tela, sua presença imediatamente reconfortante. "Bom dia, Mia. Como você está hoje?" ela cumprimentou calorosamente, sua voz uma presença constante que sempre parecia aliviar meus nervos.

"Bom dia, Dra. Louise," respondi, conseguindo um sorriso enquanto me acomodava melhor na cadeira. "Estou bem, obrigada. Foi uma semana bastante interessante."

"É bom ouvir isso," a Dra. Louise respondeu, seu tom encorajador. "O que tem passado pela sua cabeça? Algo em particular que você gostaria de discutir hoje?"

Respirei fundo, organizando meus pensamentos. "Na verdade, sim. Recentemente conheci alguém—o nome dele é Jake. Passamos algum tempo juntos, e eu gosto bastante da companhia dele. Mas, também estou me sentindo um pouco ansiosa com tudo isso," confessei, esperando navegar por minhas emoções misturadas com a orientação dela.

A Dra. Louise assentiu, compreensivamente. "É completamente normal sentir uma mistura de empolgação e apreensão ao entrar em um novo relacionamento, especialmente depois do que você passou. Conte-me mais sobre Jake e como têm sido esses encontros para você."

Reclinei-me, considerando suas palavras. "Ele é atencioso e divertido de se estar por perto. Tivemos algumas conversas realmente boas e compartilhamos momentos agradáveis juntos. Mas há uma parte de mim que tem medo de avançar rápido demais ou de me machucar."

"Mia, esses sentimentos são válidos," a Dra. Louise me tranquilizou. "É importante reconhecê-los e não desconsiderá-los. Você conseguiu compartilhar esses sentimentos com Jake?"

"Ainda não," confessei. "Acho que estou preocupada com a reação dele, ou que isso possa afastá-lo."

"Pode ser útil comunicar seus sentimentos quando você estiver pronta. Construir um relacionamento com comunicação aberta pode criar uma base forte. Como você acha que poderia abordar essa conversa?"

Pensei em sua sugestão, a ideia de um diálogo aberto atraente, mas assustadora. "Acho que começaria dizendo a ele o quanto aprecio nosso tempo juntos e então compartilharia gentilmente meus medos. Espero que, ao ser honesta, possamos nos entender melhor."

"Isso parece uma abordagem muito equilibrada," comentou a Dra. Louise, acenando com a cabeça. "Lembre-se, como ele responde também dará informações importantes sobre como ele valoriza o relacionamento e respeita seus sentimentos."

A conversa se aprofundou em estratégias para manter uma comunicação e limites saudáveis. As percepções da Dra. Louise forneceram clareza e segurança, ajudando-me a me sentir mais preparada para lidar com o relacionamento em crescimento com Jake de forma cuidadosa e confiante.

A Dra. Louise sorriu calorosamente, seus olhos refletindo uma profunda compreensão. "Mia, é ótimo que você esteja pensando em como abordar essa conversa de forma cuidadosa. Não se trata apenas de compartilhar seus sentimentos, mas também de ouvir os dele. É uma via de mão dupla."

Assenti, sentindo-me mais centrada a cada conselho. "Sim, isso faz muito sentido. Ouvir é tão importante quanto compartilhar. Vou manter isso em mente."

"Bom," continuou a Dra. Louise. "Além disso, considere o que faz você se sentir segura em um relacionamento. Reflita sobre quais comportamentos ou sinais fazem você se sentir apreciada e respeitada. Comunicar isso a Jake pode ajudá-lo a entender como atender suas necessidades de forma eficaz."

"Esse é um ponto muito bom," reconheci, fazendo anotações mentais. "Eu não havia pensado nisso dessa forma antes. Focar nos positivos e no que funciona provavelmente tornará toda a conversa mais fácil."

"Exatamente," afirmou a Dra. Louise. "Trata-se de construir algo juntos onde ambos se sintam seguros e valorizados. Além disso, não se apresse. Reserve um tempo para entender seus próprios sentimentos e necessidades enquanto navega por esse novo relacionamento."

Nossa sessão então mudou um pouco para discutir mecanismos gerais de enfrentamento e práticas de autocuidado que poderiam me apoiar durante esse período de novos começos. "Como você tem gerenciado seu estresse e emoções ultimamente fora de nossas sessões?" a Dra. Louise perguntou, sempre atenta para garantir que eu mantivesse uma abordagem holística para meu bem-estar.

"Tenho tentado manter uma rotina regular com trabalho e tempo pessoal," respondi. "Sair, manter-me ativa e garantir que tenha momentos de silêncio para mim mesma têm sido úteis. Também estou escrevendo em um diário novamente, o que realmente me ajuda a processar meus pensamentos."

"Excelente," ela respondeu com um aceno de aprovação. "Manter-se fisicamente e mentalmente ativa são componentes-chave de um estilo de vida saudável, especialmente ao lidar com estresse emocional. Continue usando essas estratégias, especialmente a escrita, que eu sei que tem sido uma ótima ferramenta para você no passado."

À medida que nos aproximávamos do final de nossa sessão, a Dra. Louise mudou um pouco o foco, seu tom ainda atento e solidário. "Vamos falar um pouco sobre seu trabalho. Como têm sido as coisas na galeria? Algum novo desafio ou sucesso que você gostaria de discutir?"

Apreciei sua abordagem abrangente, olhando para todos os aspectos da minha vida que contribuíam para meu bem-estar. "O trabalho tem sido realmente bom, na verdade," comecei, sentindo uma faísca de entusiasmo ao falar sobre a galeria. "Estamos nos preparando para uma nova exposição, e estou envolvida em tudo, desde a curadoria até a montagem. Tem sido agitado, mas incrivelmente gratificante."

A Dra. Louise assentiu, seu interesse evidente. "Isso parece uma ótima oportunidade para você crescer e aplicar suas habilidades. Como você está gerenciando o estresse que vem com tais responsabilidades?"

Considerei sua pergunta por um momento. "Tem sido definitivamente um ato de equilíbrio. Tento me manter organizada e priorizar tarefas para que as coisas não fiquem esmagadoras. Fazer pausas e sair para respirar ar fresco ajuda muito. Além disso, a satisfação de ver tudo se juntando é um grande alívio para o estresse."

"Parece que você está lidando bem," observou a Dra. Louise. "Ser proativa em relação ao gerenciamento do estresse é fundamental, especialmente em um ambiente de trabalho dinâmico como o seu.

Como você sente que seu papel na galeria está impactando seu crescimento pessoal?"

Parei, refletindo sobre sua pergunta. "Tem sido positivo na maior parte. Sinto que estou aprendendo muito—não apenas sobre arte e administração, mas também sobre mim mesma e como lido com desafios. Cada novo projeto me ensina algo novo, e sinto-me mais confiante em minhas habilidades."

A Dra. Louise sorriu. "Isso é fantástico de ouvir, Mia. É importante reconhecer e celebrar seu próprio crescimento. Essas experiências estão construindo sua resiliência e versatilidade, que são valiosas tanto profissionalmente quanto pessoalmente."

"Obrigada, Dra. Louise," disse, genuinamente grata por suas percepções. "Falar sobre esses aspectos realmente me ajuda a apreciar o progresso que estou fazendo."

"Como deveria ser," ela respondeu calorosamente. "Certifique-se de refletir sobre essas conquistas regularmente. É uma maneira poderosa de reforçar a autoimagem positiva e a motivação."

À medida que nossa sessão se aproximava do fim, a Dra. Louise acrescentou: "Antes de encerrarmos, há mais alguma coisa em sua mente que você gostaria de discutir hoje?"

Seu convite aberto me lembrou do motivo pelo qual essas sessões eram tão valiosas; elas ofereciam um espaço seguro para explorar todas as dimensões da minha vida, garantindo que eu me sentisse ouvida e apoiada em todos os aspectos.

Continuei, a preocupação evidente em minha voz. "Na verdade, é sobre algo que aconteceu com Jake no parque. Ele recebeu algumas chamadas que rapidamente descartou e parecia ansioso. Ele se certificou de proteger a chamada de mim, quase como se não quisesse que eu ouvisse qualquer parte da conversa."

A Dra. Louise assentiu, sua expressão compreensiva. "Parece que essa situação trouxe alguns sentimentos para você. O que mais te preocupa em relação a essas chamadas?"

Respirei fundo, as palavras saindo com meu exalar. "Eu sei que ainda não temos nada oficial, e não há um compromisso real, mas isso despertou alguns medos antigos. Não pude deixar de pensar que talvez ele tenha alguém mais, ou que haja algo que ele está escondendo. Sei que pode ser apenas minhas experiências passadas influenciando meus pensamentos, mas é difícil não ir por esse caminho."

"Isso é completamente compreensível," a Dra. Louise me assegurou. "É normal que traumas passados influenciem como percebemos situações atuais, especialmente no contexto de novos relacionamentos. Você já pensou em como poderia abordar isso com Jake?"

"Não ainda," admiti. "Estou preocupada em parecer muito intrusiva ou insegura nesse início do nosso relacionamento."

A Dra. Louise considerou isso por um momento. "É importante comunicar seus sentimentos, mas também é vital abordar a conversa com abertura em vez de acusação. Você poderia expressar seus sentimentos sem fazer suposições sobre as ações dele. Por exemplo, você poderia dizer algo como: 'Eu me senti um pouco incomodada quando aquelas chamadas aconteceram outro dia, e só queria verificar com você sobre isso. Eu valorizo a honestidade e a abertura, e espero que possamos compartilhar isso em nosso relacionamento.'"

Assenti, absorvendo seu conselho. "Isso parece uma abordagem equilibrada. Respeita nossos sentimentos e não pula para conclusões."

"Exatamente," concordou a Dra. Louise. "Trata-se de estabelecer um tom de confiança e transparência desde o início. Como você se sente em relação a tentar essa abordagem?"

"Eu acho que pode funcionar," disse, sentindo-me um pouco mais empoderada. "Só quero ter certeza de que ambos estamos confortáveis com a forma como nos comunicamos. Eu realmente gosto dele, e quero dar a isso uma chance justa sem que medos antigos nublam meu julgamento."

"Essa é uma perspectiva sábia, Mia. Continue focando na comunicação aberta e leve as coisas um passo de cada vez. Lembre-se, construir confiança leva tempo e esforço mútuo," lembrou-me a Dra. Louise.

"Obrigado, Dra. Louise," respondi, genuinamente grata pela orientação. "Isso realmente ajuda a colocar as coisas em perspectiva."

A Dra. Louise sorriu calorosamente. "Fico feliz em ouvir isso. Lembre-se, estou aqui para ajudar você a navegar esses sentimentos. Vamos continuar explorando isso na nossa próxima sessão."

À medida que a sessão chegava ao fim, senti-me mais preparada para lidar com a situação com Jake de forma ponderada e honesta. As ferramentas que a Dra. Louise me deu me deram confiança para abordar a conversa de uma maneira que poderia fortalecer, em vez de tensionar, nosso relacionamento em desenvolvimento.

Desliguei a chamada e sentei-me em silêncio por um momento, olhando para a luz suave filtrando pelas janelas do meu chalé. Meus pensamentos ainda estavam girando, como folhas pegas em uma súbita rajada de vento. Levantei-me, sentindo a necessidade de clarear minha mente, e fui até o banheiro para um chuveiro, esperando que a água quente ajudasse a lavar parte da confusão que obscurecia minha mente.

À medida que o vapor preenchia o ambiente, entrei no chuveiro e deixei a água cair sobre mim. Meus músculos relaxaram, mas minha mente permaneceu inquieta, relembrando a conversa de mais cedo, especificamente a parte sobre Jake. Tentei sacudir a ansiedade persistente, mas ela se agarrava a mim, apertando seu controle.

As chamadas telefônicas. A maneira como ele rapidamente silenciou a primeira e parecia quase aliviado quando não perguntei sobre isso. Então a segunda chamada—mais insistente. Eu não pude deixar de pensar na forma como ele protegeu a conversa, como se não fosse para os meus ouvidos. Meu estômago se contorceu com a lembrança.

O que Jake está escondendo? A pergunta ecoou na minha cabeça, mais persistente agora. Inclinei-me contra a parede de azulejos frios, tentando me concentrar no ritmo constante da água, mas tudo que consegui ouvir foi a incerteza se repetindo em meus pensamentos.

É só diversão para ele? Eu odiava esse pensamento, mas não consegui descartá-lo. Talvez ele estivesse apenas aproveitando o momento, sem procurar nada mais profundo, enquanto eu começava a investir sentimentos que não tinha certeza se ele estava pronto para retribuir.

Ou será que há outra pessoa? O pensamento entrou sorrateiramente como um ladrão, roubando a pouca clareza que me restava. Eu sabia que não tinha evidências disso—Jake tinha sido nada além de gentil e genuíno comigo. Mas aquela chamada telefônica, a maneira como ele respondeu... Não consegui me livrar da sensação de que algo estava errado.

Fechei os olhos com força, tentando raciocinar. Eu não queria tirar conclusões precipitadas. Talvez não fosse nada—apenas um velho amigo, ou algo de trabalho. Mas por que o segredo? Por que a urgência em sua voz quando ele disse, "Não posso falar agora"? Por que não apenas me dizer quem era?

A confusão girava, um pensamento colidindo com outro até que formassem uma bagunça emaranhada na minha cabeça. Era difícil ver claramente através da névoa. Estaria eu permitindo que meu trauma passado distorcesse meu julgamento? Ou minha intuição estava tentando me dizer algo?

Inclinei a cabeça para trás, tentando deixar a água afogar o barulho na minha cabeça, mas as perguntas continuavam a surgir. Eu odiava estar pensando demais, permitindo que velhas feridas se reabrissem com o menor sinal de segredo.

Precisando de uma distração, virei-me levemente e olhei pela pequena janela do chuveiro. A partir desse ângulo, consegui distinguir a janela do quarto de Jake do outro lado da rua. Era estranho—geralmente, havia algum sinal de vida lá, uma luz acesa ou o brilho de um movimento. Mas agora, o quarto parecia completamente vazio.

Senti um estranho vazio no estômago. Onde ele estava? Meus pensamentos dispararam novamente. Talvez ele estivesse fora, mas então... com quem? As perguntas espiralavam, e eu odiava como minha mente saltava rapidamente para as piores conclusões. Tentei afastar isso, dizendo a mim mesma que provavelmente não era nada, mas a visão de seu quarto escuro e vazio não ajudava a acalmar minhas suspeitas.

CAPÍTULO 14

Dias se passaram desde aquela manhã nebulosa no chuveiro, e embora a inquietação sobre a chamada de Jake ainda pairasse na minha mente, hoje era um tipo diferente de estresse. Hoje era a noite da grande exposição da galeria. Não era apenas qualquer exposição—era a exposição. A personalidade ansiosa de Lila já estava no máximo, e eu sabia que, quando a noite chegasse, seria uma tempestade total de nervos. E, se eu fosse honesta, não era apenas a pressão dela que me deixava nervosa—essa exposição também era importante para mim. Minha reputação estava em jogo, e esta noite, estaríamos recebendo alguns nomes importantes no mundo da arte.

Eu tinha que encontrar uma maneira de relaxar antes de enfrentar o caos. Por isso, me encontrei na padaria da Emma naquela manhã, desejando não apenas um café, mas um momento de calma antes da tempestade. O cheiro familiar de pães frescos me cumprimentou quando empurrei a porta, e foi como um abraço que eu não sabia que precisava.

"Mia! Bom dia!" A voz alegre da Emma ecoou atrás do balcão. Ela enxugou as mãos no avental e veio me cumprimentar pessoalmente, seu sorriso caloroso iluminando seu rosto. "Grande dia, né?"

Eu acenei, conseguindo forçar um pequeno sorriso. "Dia enorme. Estou tentando não entrar em pânico já."

Emma me lançou um olhar simpático, apoiando-se no balcão com uma casualidade que eu gostaria de poder engarrafar. "Eu imaginei que você poderia precisar de um pouco de calma antes da tempestade," disse ela com uma piscadela. "Deixe-me pegar algo especial para você. Que tal o seu favorito, com um toque extra para te ajudar a passar o dia?"

"Isso soa perfeito," suspirei, grata pela sua compreensão. Emma tinha uma maneira de fazer as coisas parecerem menos assustadoras, mesmo quando parecia que o mundo estava desmoronando.

Enquanto ela se ocupava em preparar meu café, sentei-me perto da janela, observando o ritmo lento da vida do lado de fora. Era ainda cedo, e a cidade estava apenas acordando. Pessoas caminhavam pela rua, alguns corredores passavam, e algumas crianças andavam de bicicleta, suas risadas ecoando no ar. Por um momento, a simplicidade de tudo isso me fez esquecer o peso da noite que se aproximava.

Emma voltou, colocando uma xícara fumegante na minha frente. "Aqui está. Um pouco de magia extra para te ajudar hoje," disse ela com um sorriso. "Como você está se sentindo? Nervosa?"

Soprei sobre o café e tomei um gole, deixando o calor se espalhar por mim. "Mais nervosa do que gostaria de admitir. Sei que tudo está em ordem, mas a energia da Lila é contagiante. Ela já está nervosa, e à noite, ela será impossível."

Emma riu suavemente. "A Lila é sempre intensa, mas é só porque ela se importa muito. Você consegue, Mia. Eu vi o quanto você trabalhou, e todos vão adorar."

"Eu espero que sim," disse, olhando pela janela novamente. "É só... muito. Não apenas para ela, mas para mim também. Isso pode fazer ou quebrar minha reputação com algumas pessoas realmente importantes."

Emma se inclinou sobre o balcão, sua expressão suavizando. "Eu entendo, mas não se esqueça de que você é boa no que faz. Você tem um olhar para isso, e é por isso que você está lá em primeiro lugar. Apenas respire, dê um passo de cada vez, e à noite, você estará comemorando."

Sorri, sentindo um pouco da tensão diminuir. Emma sempre sabia o que dizer para me manter centrada. "Obrigada, Emma. Eu realmente precisava desse incentivo."

"Qualquer hora. Agora, beba e não deixe a energia da Lila te afetar muito hoje. Você já tem o suficiente no seu prato sem ela adicionar mais."

Tomei outro gole do meu café, saboreando o momento de calma antes de ir para a galeria enfrentar qualquer caos que me aguardasse.

Alguns minutos depois, enquanto tomava outro gole do meu café e tentava afastar o estresse da noite da minha mente, o sino acima da porta da padaria tocou, sinalizando a chegada de um novo cliente. Não prestei muita atenção à princípio, mas então o vi. Jake. Ele entrou com seu habitual andar confiante e, antes que eu pudesse processar completamente o que estava acontecendo, acenou para mim.

Confusão passou por mim, e eu acenei de volta reflexivamente, conseguindo um "oi" educado em resposta. Eu tinha evitado ele durante dias, tentando organizar meus sentimentos após aquela chamada estranha no parque. Mas antes que pudesse decidir como responder, ele já estava caminhando em minha direção.

"Oi, Mia," disse ele diretamente, sua voz calorosa como sempre. "Se eu me juntar a você?"

Eu hesitei. Minha mente disparou—o que ele estava fazendo aqui? E por que agora, em um dia em que eu já estava sobrecarregada? Mas antes que eu pudesse arranjar uma desculpa, ele já havia puxado a cadeira e se acomodado à minha frente.

Eu pisquei, ainda processando sua presença repentina, mas forcei um sorriso. "Claro," disse, mais por educação do que entusiasmo.

Jake se inclinou para trás na cadeira, olhando ao redor da padaria com familiaridade. Ele acenou para Emma, que sorriu brilhantemente e veio até nós para fazer seu pedido.

“Então, o que você vai pedir?” ele perguntou, voltando sua atenção para mim, seu tom casual como se não estivéssemos evitando estranhamente um ao outro por dias.

Eu hesitei, sentindo a awkwardness ainda pairando entre nós. “A Emma me fez um latte de avelã com um toque de canela,” disse, tentando focar no café em vez da confusão que estava se acumulando na minha cabeça nos últimos dias.

Jake levantou uma sobrancelha, intrigado. “Isso parece bom.”

Na hora certa, Emma se aproximou da mesa, seu sorriso habitual no lugar. “Oi Jake! O que posso te trazer hoje?”

“Vou querer o mesmo que ela,” disse Jake, lançando um sorriso rápido para Emma.

Emma deu um aceno brincalhão. “Boa escolha. Latte de avelã com canela chegando já.”

Enquanto ela voltava ao balcão para preparar seu pedido, eu a observei ir, tentando manter meus pensamentos de dispararem. Jake acabara de entrar, sentou-se e agora pediu a mesma coisa que eu—como se nada estranho tivesse acontecido entre nós. Isso me deixou curiosa e um pouco mais frustrada. O que estava acontecendo na cabeça dele?

“Latte de avelã, hein? Não sabia que você tinha um gosto doce,” Jake comentou casualmente, inclinando-se para trás na cadeira como se não estivéssemos passando dias em silêncio awkward.

“Sim, eu precisava de algo com um pouco de energia esta manhã,” disse, tentando manter a conversa leve enquanto meus pensamentos ainda me puxavam de volta para aquela chamada telefônica no parque.

"Boa escolha," ele repetiu, seus olhos segurando os meus por um momento mais longo do que o necessário.

Nesse momento, Emma voltou com o café dele, colocando-o na mesa com um sorriso. "Aqui está, latte de avelã com canela, exatamente o que você precisa para enfrentar o dia."

Jake agradeceu a ela, e ambos caímos em um momento de silêncio enquanto eu mexia minha bebida, tentando descobrir se agora era a hora de trazer à tona a pergunta incômoda em minha mente. Mas, por algum motivo, as palavras ainda não saíam. Em vez disso, tomei um gole do meu café e esperei que, em algum momento, as coisas entre nós fizessem sentido.

Enquanto sentávamos em silêncio awkward, Jake finalmente quebrou a tensão. "Então, você está pronta para a exposição de hoje à noite?" ele perguntou, tomando um gole de seu latte, seu tom casual, mas seu olhar focado em mim.

Soltei uma pequena risada, mais para aliviar a pressão no meu peito do que qualquer outra coisa. "Nervosa, mas confiante de que tudo estará pronto. É uma grande noite, e a Lila planejou tudo minuciosamente. Mas, sim... muito em jogo nesta."

Jake acenou, sua expressão suavizando. "Posso imaginar. Parece muito, especialmente com a Lila sendo... bem, Lila," disse ele com uma risadinha, claramente entendendo sua natureza neurótica. Ele fez uma pausa por um segundo, então me olhou novamente, um pouco mais seriamente desta vez. "Na verdade, eu deveria te dizer—Lila me convidou para a exposição esta noite. Queria saber se você está bem com eu estar lá."

Isso me pegou de surpresa. Eu não esperava que ele perguntasse, e por um momento, não sabia o que dizer. Sua presença não havia cruzado minha mente na pressa de preparativos para o evento, mas agora que ele mencionava, percebi que isso poderia adicionar uma nova camada de complicação a uma noite já estressante.

Mas sorri, decidindo deixar quaisquer reservas de lado. "Claro, Jake. Estou bem com você estar lá. É um evento aberto, e ficaria feliz em ver você. Além disso, quanto mais apoio eu tiver, melhor."

Jake devolveu meu sorriso, parecendo um pouco aliviado. "Ótimo. Eu não sabia se seria estranho com tudo o que está acontecendo entre nós, mas eu realmente quero estar lá."

"Não é estranho de forma alguma," assegurei a ele, embora uma parte de mim se perguntasse se isso era totalmente verdade. Ainda assim, eu não estava prestes a fazer um grande alarde sobre isso. "Vai ser bom ter um rosto familiar lá."

Ele acenou, seu olhar ainda se detendo em mim por um momento mais longo antes de olhar para baixo, para o seu café. "Ótimo. Estou ansioso por isso, então."

Tomei outro gole do meu café, tentando esconder os nervos que estavam surgindo novamente. Sua presença era forte, quase magnética, e embora eu tivesse evitado ele por dias, aqui estava ele, sentado à minha frente como se nada tivesse acontecido. Eu esperava que a conversa naturalmente mudasse de rumo, mas Jake tinha outros planos.

“Então,” disse ele, inclinando-se um pouco, “você tem estado ocupada, né? Não te vi muito por aqui ultimamente.” Seu tom era leve, mas o peso da pergunta pairava entre nós.

Eu me mexi na cadeira, evitando o contato visual por um momento. "Sim, só tem sido realmente corrido por causa da exposição," disse, esperando que essa desculpa fosse suficiente.

Jake não parecia convencido, porém, e não ia deixar a conversa morrer ali. "Eu entendo," respondeu ele, sua voz calma, mas insistente. "Mas sinto que mal conversamos desde... você sabe, o parque."

Meu coração disparou. Claro, o parque. As chamadas. O mistério. Eu podia sentir a tensão se acumulando dentro de mim novamente, mas antes que eu pudesse responder, ele continuou, sua voz suave, mas direta. "Ouça, Mia, se você está confusa sobre mim ou algo... estou aqui."

Engoli em seco, meus dedos segurando a xícara de café um pouco mais apertado. Eu tinha passado dias tentando esquecer aquela chamada, sobre a inquietação que persistia depois. Eu não queria trazer isso à tona agora, não com todo o resto em mente. Mas a presença de Jake era dominante, conduzindo a conversa de uma maneira da qual eu não conseguia facilmente escapar.

"Eu..." comecei, minha voz diminuindo. Eu queria perguntar, aprofundar-me no que havia acontecido naquele dia, mas não conseguia me forçar a fazê-lo. Não aqui, não agora. "Eu só tenho estado realmente focada na exposição," desviei novamente, tentando manter o tópico longe de algo muito pessoal.

Jake não pressionou, mas eu podia perceber que ele não estava satisfeito com minha resposta. Seus olhos suavizaram, e ele deu um meio sorriso, se inclinando para trás na cadeira. "Justo. Eu sei que é uma grande coisa para você esta noite, e não quero adicionar ao seu estresse. Apenas... se houver algo que você precise dizer ou conversar, você sabe onde me encontrar."

Suas palavras pairaram no ar, me deixando com a sensação de que estava sendo confortada e encurralada ao mesmo tempo. Havia algo na maneira como ele conduzia a conversa, sempre mantendo o controle, que me fazia sentir desequilibrada. Eu queria manter distância, mas a cada palavra, cada olhar, Jake parecia me puxar de volta.

"Obrigada," murmurei, forçando um sorriso. Eu não estava pronta para mergulhar em tudo isso ainda, mas sua presença tornava difícil evitar. Ainda assim, eu precisava me concentrar na noite. Essa era a prioridade, não a confusa bagunça de sentimentos e suspeitas girando na minha cabeça.

Jake parecia perceber minha relutância e mudou de assunto, seu tom se tornando mais leve. "Bem, de qualquer forma, estou animado para ver o que você preparou para a exposição. A Lila não para de falar sobre isso, e tenho certeza de que você fez um trabalho incrível."

Assenti, grato pela mudança de tópico, mesmo que fosse apenas temporária. "Obrigada, realmente espero que tudo corra bem esta noite."

"Vai correr," Jake disse confiantemente, me dando aquele sorriso tranquilizador novamente. "Você é mais capaz do que imagina."

Não consegui evitar um sorriso de volta, mesmo que parte de mim ainda quisesse recuar. Sua presença era estável, inabalável, e por um momento, deixei-me apoiar nela—só o suficiente para tornar a conversa suportável. Eu provavelmente era boba e estúpida.

Tomei outro gole do meu café, tentando me ancorar no calor da xícara. A conversa começou a ficar um pouco perto de coisas com as quais eu não estava pronta para lidar ainda—meus sentimentos por Jake, as perguntas girando em torno daquela ligação, e a estranha tensão que ainda pairava entre nós.

Mas eu tinha uma saída. "Provavelmente deveria ir," eu disse, levantando-me e pegando minha bolsa. "Preciso chegar à galeria. Ainda há muito a fazer antes de hoje à noite."

Jake olhou para mim, sua expressão suavizando. "Se importar se eu te acompanhar até lá?" Seu tom era casual, mas havia algo na maneira como ele perguntou que me disse que ele não estava pronto para que essa conversa terminasse ainda.

Hesitei por um momento, mas antes que eu pudesse inventar uma desculpa, ele já havia se levantado, seus olhos cheios de expectativa. "Vamos, vai ser bom ter companhia," ele acrescentou, e antes que eu pudesse realmente pensar sobre isso, assenti.

"Ok, claro," eu disse, mais por reflexo do que qualquer outra coisa. Eu não conseguia deixar de sentir que estava o evitando por muito tempo, e talvez caminhar com ele aliviasse um pouco da tensão que se acumulou nos últimos dias.

Ao sairmos da padaria, Emma nos acenou com um sorriso, e Jake se posicionou ao meu lado. As ruas da cidade começavam a acordar, com pessoas correndo, se preparando para o dia. O ar estava fresco, a manhã ainda segurando um pouco daquela frescura antes do calor do dia se instalar.

"Então," Jake começou, quebrando o silêncio enquanto virávamos a esquina em direção à galeria, "hoje à noite é a grande noite, né?"

"É," eu respondi, tentando focar no evento em vez da tensão não resolvida entre nós. "Vai ser uma casa cheia. Muitas pessoas importantes."

Jake sorriu, com as mãos nos bolsos enquanto caminhava ao meu lado. "A Lila não para de falar sobre isso. Você deve ter colocado muito trabalho nisso."

Assenti, embora minha mente ainda estivesse parcialmente distraída pelo fato de que Jake se sentia tão à vontade, como se a awkwardness entre nós não existisse. "Foi muito, mas tudo finalmente está se juntando. Só preciso garantir que a Lila não entre em modo de pânico total."

Jake riu, seu sorriso se ampliando. "Sim, ela é bem intensa, mas eu vi como você lida com as coisas. Você tem tudo sob controle."

Olhei para ele, apreciando a segurança, mas minha mente continuava voltando para a ligação. Era como um pequeno espinho preso na parte de trás da minha mente. Eu queria trazer isso à tona, perguntar diretamente o que era tudo aquilo, mas as palavras simplesmente não saíam.

Em vez disso, mudei de assunto. "E você? Algum plano grande hoje, além de invadir a exposição esta noite?"

Ele sorriu. "Nada tão glamouroso quanto isso. Apenas um pouco de trabalho na loja, algumas entregas. Mas sim, hoje à noite é o evento principal."

Eu ri suavemente. "Bem, pelo menos você vai poder relaxar depois com um pouco de arte e vinho grátis."

"Verdade," ele disse, sorrindo para mim. "Estou ansioso por isso. Além disso, vai ser bom ver todo o trabalho duro que você colocou na galeria."

Senti um calor subir no meu peito com suas palavras, e era difícil dizer se era por seu elogio ou apenas pelo fato de que estávamos conversando normalmente novamente. Mas enquanto caminhávamos, lado a lado, não conseguia me livrar da sensação de que ainda havia algo não dito. Algo que eu precisava entender, mesmo que não estivesse pronta para perguntar diretamente.

Chegamos à esquina perto da galeria, e eu pude ver o prédio se aproximando, as grandes janelas refletindo a luz da manhã.

Jake olhou para mim, sua voz suavizando. "Eu sei que não conversamos muito desde o parque, mas estou feliz que estamos fazendo isso agora."

Assenti, sem saber como responder, mas grata pelo momento de honestidade. "Eu também," eu finalmente disse.

Houve uma pausa, e parecia o momento certo para perguntar a ele sobre a ligação, mas não consegui me forçar a fazer isso. Não ainda. Não com tudo acontecendo esta noite.

Em vez disso, sorri e gesticulei em direção às portas da galeria. "Bem, aqui sou eu. Hora de ir trabalhar."

Jake parou comigo, seus olhos encontrando os meus. "Boa sorte esta noite, Mia. Sei que vai ser incrível."

"Obrigada, Jake," eu disse, sentindo aquele familiar puxão de calor misturado com incerteza.

Ele me deu um pequeno aceno tranquilizador antes de se virar para sair. Mas enquanto ele se afastava, não pude deixar de sentir que as perguntas ainda pairando entre nós teriam que ser respondidas eventualmente—só não hoje.

CAPÍTULO 15

A noite da exposição finalmente chegou, e a galeria estava pulsando de energia. Lila estava em modo de pânico total, correndo entre as exibições, rearranjando as coisas pela centésima vez e murmurando para si mesma. Era como assistir alguém à beira de dar à luz a um bebê imaginário, que ela alimentou exclusivamente com uma dieta de ansiedade e cafeína durante o mês passado.

"Mia, onde você está?" A voz de Lila ecoou pela galeria, aguda com tensão.

Eu estava bem atrás dela. "Calma antes que você acabe com seus remédios para ansiedade," eu brinquei, tentando trazer um pouco de leveza ao caos.

Lila se virou, seus olhos arregalados e selvagens. "Eu sei, eu sei!" ela exclamou, levantando as mãos para o ar. "Estou tão preocupada! Eles estão prestes a chegar, e eu não te vejo há séculos!"

Eu lhe dei um sorriso simpático, resistindo à urge de rir de quão dramática ela estava sendo. "Eu estava apenas organizando os últimos detalhes com as garçonetes," eu disse, levantando minha lista de tarefas. "Você precisa de algo?"

Lila balançou a cabeça, claramente agitada. "Sim—bem, não—bem, talvez, mas vou perguntar a outra pessoa. Apenas vá fazer o que você precisa primeiro. Não temos tempo para nada dar errado."

Assenti, sabendo que não havia ponto em discutir. Quando Lila estava nesse estado, não havia nada que eu pudesse dizer para acalmá-la, então era melhor deixá-la correr como uma galinha sem cabeça enquanto eu me concentrava em garantir que o resto ocorresse sem problemas.

Enquanto me movia em direção aos fundos, avistei as garçonetes reunidas, checando o vinho e os petiscos para os convidados. Aproximando-me delas, com meu clipboard em mãos, tentei me manter focada, apesar da crescente tensão no ar.

"Então, garotas," eu disse, dando-lhes um rápido sorriso. "Vamos garantir que tudo esteja em ordem. Copos de vinho cheios, petiscos circulando, e fiquem de olho nos convidados—especialmente os importantes."

Elas assentiram, toda a profissionalismo apesar da energia frenética que emanava da galeria. Dei um sinal positivo e voltei para o salão principal, onde os primeiros convidados começaram a chegar.

Lila ainda estava andando perto da entrada, lançando olhares nervosos para as portas. Eu podia praticamente ver o peso da noite pressionando sobre ela, e eu sabia que até o último convidado sair, ela estaria à beira de um colapso.

Respirando fundo, entrei na galeria propriamente dita, pronta para enfrentar o que a noite tinha reservado.

A galeria estava começando a se encher, o suave murmúrio de conversação crescendo à medida que os convidados entravam, e eu podia sentir a tensão no ar mudar. A exposição estava oficialmente em andamento. Eu me movi pela sala, certificando-me de que tudo estava em seu lugar—obras de arte posicionadas perfeitamente, a iluminação exatamente certa, e as garçonetes circulando com vinho e bandejas de petiscos. Tudo estava se juntando, apesar da quase derrocada de Lila.

Lila, é claro, ainda estava pairando pela entrada, seus olhos se movendo entre os convidados que chegavam e o relógio na parede. Ela claramente esperava alguém importante, provavelmente os grandes nomes do mundo da arte que deveriam aparecer esta noite. A ansiedade em seu rosto era inconfundível.

"Mia!" Lila chamou novamente, acenando para mim. "Venha aqui!"

Cruzando a sala em direção a ela, mantive meus passos medidos e calmos, mesmo que a atmosfera estivesse longe disso. "O que houve?" perguntei quando cheguei até ela, tentando manter um tom profissional em meio à sua agitação.

"Eles ainda não estão aqui," ela disse, sua voz alta com preocupação. "Os compradores, os investidores—eles deveriam ter chegado até agora. E se eles não aparecerem? E se—"

"Lila," interrompi gentilmente, colocando uma mão em seu braço. "Respire. Ainda é cedo. Eles vão aparecer. E mesmo que estejam um pouco atrasados, todo mundo parece estar se divertindo. Olhe ao redor."

Apontei para a sala atrás de mim, onde grupos de convidados estavam degustando vinho e admirando as obras de arte. A energia estava animada, até celebratória. O que quer que Lila tivesse imaginado como dando errado, ainda não tinha acontecido.

Ela olhou ao redor, seus olhos suavizando ligeiramente enquanto absorvia a cena. "Ok," ela disse, exalando um longo suspiro. "Você está certa. Eu só preciso... respirar."

"Exatamente," eu sorri, dando-lhe um aceno tranquilizador. "Vá minglar com os convidados. Eu vou ficar de olho no resto."

Lila hesitou por um momento, então finalmente assentiu. "Ok, ok. Vou tentar."

Observei enquanto ela se movia em direção a um grupo de convidados, seus passos um pouco mais leves agora, embora eu soubesse que ela ainda estava tensa. Voltando minha atenção para a sala, continuei fazendo rodadas, verificando as obras de arte e os convidados, cumprimentando algumas caras conhecidas. Tudo parecia estar indo bem, mas não conseguia evitar a mesma corrente subjacente de energia nervosa que Lila sentia. Esta noite era enorme, não apenas para ela, mas para mim também.

Enquanto escaneava a sala, meus olhos se depararam com Jake entrando pela porta da frente. Ele estava vestido um pouco mais elegantemente do que o habitual, mas ainda com aquela confiança relaxada que parecia segui-lo aonde quer que fosse. Sua presença, mais uma vez, puxou algo dentro de mim—parte curiosidade, parte ansiedade. Depois de tudo entre nós recentemente, eu não tinha certeza de como me sentia sobre ele estar aqui.

Ele me viu quase instantaneamente e veio em minha direção, se movendo com facilidade pela multidão.

"Oi," ele cumprimentou, seu sorriso fácil e caloroso. "Este lugar está incrível."

"Obrigada," eu disse, um pouco mais formal do que pretendia. Eu não conseguia evitar que a tensão de nossas conversas anteriores borbulhasse sob a superfície, mas deixei de lado por causa do evento. "Tem sido... muito trabalho."

Jake olhou ao redor da sala, claramente impressionado. "Eu posso ver isso. É realmente algo, Mia."

Assenti, tentando manter a conversa casual. "Fico feliz que você tenha conseguido vir."

Ele sorriu, mudando sua postura. "Não perderia isso. Além disso, acho que a Lila teria me caçado se eu não aparecesse."

Eu ri, a tensão entre nós suavizando ligeiramente com a piada. "Sim, ela está um pouco nervosa esta noite. É um grande negócio para ela."

"Para ambas vocês," Jake acrescentou, seus olhos se demorando em mim por um momento. Havia algo mais em seu olhar, algo não dito que eu não estava pronta para mergulhar agora. Não aqui, não esta noite.

Antes que eu pudesse responder, Lila apareceu ao meu lado novamente, toda sorrisos desta vez. "Jake! Você veio!"

"Claro," ele respondeu, lançando-lhe aquele mesmo sorriso fácil. "Não perderia isso."

Lila praticamente brilhava, sua ansiedade anterior momentaneamente esquecida. "Mia, você pode cuidar do próximo grupo de convidados por um tempo? Preciso apresentar o Jake a algumas pessoas. Elas vão adorar ouvir sobre o trabalho dele."

Assenti, grata pela distração. "Claro, sem problema."

Enquanto Lila levava Jake para socializar com seus amigos, encontrei-me observando-o por um segundo mais do que deveria, tentando afastar a estranha mistura de alívio e curiosidade que sua presença sempre parecia despertar em mim.

Mas esta noite era sobre a galeria, sobre a exposição e sobre garantir que tudo ocorresse sem problemas. Eu tinha que manter minha cabeça no jogo.

Enquanto observava Lila arrastar Jake para a multidão crescente, voltei minha atenção para a galeria. Os convidados estavam se misturando, saboreando seu vinho e admirando as obras de arte com graus variados de admiração. Tentei me concentrar na tarefa em mãos, mantendo tudo funcionando perfeitamente enquanto Lila trabalhava seu charme com os compradores e investidores. Fui até a entrada bem quando outra onda de convidados chegava.

Uma das garçonetes passou com uma bandeja de champanhe, e eu a avistei. "Certifique-se de que os copos estão cheios e circulando," eu instruí. Ela assentiu e desapareceu, se integrando à multidão como uma profissional. Até agora, tudo estava indo de acordo com o plano. Sem grandes desastres, sem contratempos—ainda.

Mas toda vez que olhava pela sala, meus olhos paravam em Jake. Ele estava conversando com um grupo de compradores, encantando-os facilmente com o que quer que Lila tivesse elogiado sobre ele. De vez em quando, ele encontrava meu olhar e me dava um pequeno sorriso quase imperceptível. Tentei agir indiferente, mas a verdade era que sua presença era uma distração que eu não havia previsto para esta noite.

"Concentre-se, Mia," murmurei para mim mesma, endireitando os ombros e indo verificar os fornecedores nos fundos.

Enquanto caminhava pela galeria, acenando educadamente para os convidados ao longo do caminho, meu telefone vibrou no meu bolso. Tirei-o e olhei para a tela—era uma mensagem de um dos artistas que tínhamos apresentado na exposição, uma pergunta de última hora sobre sua exibição. Rapidamente digitei uma resposta, tranquilizando-os de que tudo estava em ordem, e guardei o telefone bem quando chegava à área de catering.

A equipe da cozinha estava trabalhando eficientemente, preparando bandejas frescas de petiscos para enviar. Fiz uma rápida verificação, certificando-me de que estávamos dentro do cronograma. Tudo parecia sob controle, o que me deu um momento para respirar.

Até que eu entrei novamente na galeria principal.

Eu mal havia chegado à metade da sala quando avistei Lila novamente—sua ansiedade anterior retornando com força total. Ela estava parada perto de uma das esculturas mais delicadas, suas mãos tremendo nervosamente enquanto falava com um dos compradores.

Acelerei o passo para interceptar antes que seus nervos desviassem a operação suave da noite.

“Mia!” Lila chamou assim que me viu, seus olhos arregalados. “Os compradores ainda não chegaram!”

“Calma, Lila,” eu disse, colocando uma mão em seu braço. “Ainda é cedo. Eles vão aparecer. E mesmo que estejam um pouco atrasados, todos os outros parecem estar se divertindo. Olhe ao redor.”

Ela olhou ao redor, seus olhos suavizando ligeiramente enquanto absorvia a cena. “Ok,” ela disse, exalando um longo suspiro. “Você está certa. Eu só preciso... respirar.”

“Exatamente,” eu sorri, dando-lhe um aceno tranquilizador. “Vá minglar com os convidados. Eu vou ficar de olho no resto.”

Lila hesitou por um momento, então finalmente assentiu. “Ok, ok. Vou tentar.”

Eu a observei se mover em direção a um grupo de convidados, seus passos um pouco mais leves agora, embora eu soubesse que ela ainda estava bastante nervosa. Voltando minha atenção para a sala, continuei fazendo rodadas, checando as obras de arte e os convidados, cumprimentando algumas caras conhecidas. Tudo parecia estar indo bem, mas não pude deixar de sentir a mesma corrente subjacente de energia nervosa que Lila sentia. Esta noite era enorme, não apenas para ela, mas para mim também.

Enquanto eu examinava a sala, meus olhos notaram Jake entrando pela entrada principal. Ele estava vestido um pouco mais formal do que o habitual, mas ainda com aquela confiança relaxada que parecia segui-lo aonde quer que fosse. Sua presença, mais uma vez, puxou algo dentro de mim—parte curiosidade, parte ansiedade. Depois de tudo que aconteceu entre nós recentemente, eu não sabia como me sentia sobre ele estar ali.

Ele me avistou quase instantaneamente e veio em minha direção, se movendo pela multidão com facilidade.

"Oi," ele cumprimentou, seu sorriso fácil e caloroso. "Este lugar está incrível."

"Obrigada," eu disse, um pouco mais formal do que pretendia. Não pude evitar sentir a tensão de nossas conversas anteriores borbulhando sob a superfície, mas a empurrei para o lado pelo bem do evento. "Tem sido... muito trabalho."

Jake olhou ao redor da sala, claramente impressionado. "Eu posso ver isso. É realmente algo, Mia."

Assenti, ainda tentando manter a conversa casual. "Fico feliz que você pôde vir."

Ele sorriu, mudando sua postura. "Não perderia por nada. Além disso, acho que Lila teria me caçado se eu não aparecesse."

Eu ri, a tensão entre nós amolecendo um pouco com a piada. "Sim, ela está um pouco nervosa esta noite. É uma grande oportunidade para ela."

"Para vocês duas," Jake acrescentou, seus olhos demorando-se em mim por um momento. Havia algo mais em seu olhar, algo não dito que eu não estava pronta para explorar agora. Não aqui, não esta noite.

Antes que eu pudesse responder, Lila apareceu ao meu lado novamente, toda sorridente desta vez. "Jake! Você veio!"

"Claro," ele respondeu, lançando a ela aquele mesmo sorriso fácil. "Não perderia por nada."

Lila praticamente radiante, sua ansiedade anterior momentaneamente esquecida. "Mia, você pode cuidar do próximo grupo de convidados por um tempo? Preciso apresentar Jake a algumas pessoas. Eles vão adorar ouvir sobre o trabalho dele."

Eu assenti, grata pela distração. "Claro, sem problemas."

Enquanto Lila levava Jake para socializar com seus amigos, eu me vi observando-o um segundo a mais do que deveria, tentando afastar a estranha mistura de alívio e curiosidade que sua presença sempre parecia despertar em mim.

Mas aquela noite era sobre a galeria, sobre a exposição e sobre garantir que tudo corresse sem problemas. Eu tinha que manter minha cabeça no jogo.

Enquanto observava Lila arrastar Jake para a multidão crescente, voltei minha atenção para a galeria. Os convidados estavam se misturando, saboreando seu vinho e apreciando as obras de arte com diferentes graus de admiração. Tentei me concentrar na tarefa em mãos, mantendo tudo funcionando bem enquanto Lila exercia seu charme com os compradores e investidores. Fui até a entrada assim que outra onda de convidados chegou.

Uma das garçonetes passou com uma bandeja de champanhe, e eu captei seu olhar. "Certifique-se de que estamos mantendo os copos cheios e circulando," eu instruí. Ela acenou com a cabeça e se afastou, se misturando à multidão como uma profissional. Até agora, tudo estava indo conforme o planejado. Nenhum desastre maior, nenhum contratempo—ainda.

Mas toda vez que eu olhava para o outro lado da sala, meus olhos acabavam pousando em Jake. Ele estava conversando com um grupo de compradores, encantando-os sem esforço com tudo que Lila havia elogiado sobre ele. De vez em quando, ele captava meu olhar e me dava um pequeno sorriso, quase imperceptível. Eu tentava agir como se nada estivesse acontecendo, mas a verdade era que sua presença era uma distração que eu não havia previsto para aquela noite.

"Foque, Mia," murmurei para mim mesma, endireitando os ombros e indo verificar os traiteurs nos fundos.

Enquanto caminhava pela galeria, acenando educadamente para os convidados ao longo do caminho, meu telefone vibrou no meu bolso. Eu o puxei e olhei para a tela—era uma mensagem de um dos artistas que tínhamos apresentado na exposição, uma consulta de última hora sobre sua exibição. Eu rapidamente digitei uma resposta, tranquilizando-os de que tudo estava em ordem, e guardei o telefone assim que cheguei à área de catering.

A equipe da cozinha estava trabalhando eficientemente, preparando bandejas frescas de aperitivos para servir. Fiz uma rápida checagem, certificando-me de que estávamos no cronograma. Tudo parecia sob controle, o que me deu um momento para respirar.

Até que eu voltei para a galeria principal.

Eu não tinha nem chegado à metade da sala quando avistei Lila novamente—sua ansiedade anterior retornando com toda a força. Ela estava de pé perto de uma das esculturas mais delicadas, suas mãos tremendo nervosamente enquanto falava com um dos compradores. Eu me apressei em ir até ela antes que seus nervos atrapalhassem o bom andamento da noite.

"Mia!" ela chamou assim que me viu, os olhos arregalados. "Temos vinho suficiente? Os traiteurs ainda estão no horário? Você verificou a iluminação na parede do fundo?" Ela disparou perguntas mais rápido do que eu podia responder, suas mãos mexendo na barra do vestido.

"Está tudo bem, Lila," eu disse calmamente, colocando uma mão em seu ombro. "Acabei de checar com os traiteurs e estamos com vinho suficiente. A iluminação está perfeita—não há com o que se preocupar."

Lila exalou, claramente tentando confiar nas minhas palavras, mas eu ainda conseguia ver os nervos zumbindo logo abaixo da superfície. "Ok, ok... Eu só—isso é tão importante. Se esta noite não correr bem—"

"Esta noite já está correndo bem," eu interrompi gentilmente, mas com firmeza. "Olhe ao redor, Lila. A galeria está lotada, as pessoas estão adorando a arte, e você tem compradores e investidores se misturando com sorrisos no rosto. Você fez isso."

Ela piscou, olhando ao redor da sala como se a visse claramente pela primeira vez. "Eu fiz, não fiz?" ela murmurou, seu tom suavizando.

"Você fez," eu repeti, apertando seu ombro. "Agora apenas aproveite, tudo bem? Eu cuido dos detalhes."

Lila sorriu, um pouco trêmula, mas com genuína gratidão. "Obrigada, Mia. Eu não sei o que eu faria sem você."

"Vamos não descobrir," eu brinquei, piscando para ela.

Com isso, deixei-a para minglar e fiz meu caminho de volta para o centro da galeria. Meu telefone vibrou novamente no meu bolso, mas antes que eu pudesse checar, avistei Jake, que finalmente se desvinculou dos compradores. Ele estava vindo em minha direção, se movendo pela multidão como se pertencesse ali—como se pertencesse à minha vida, a esta noite, apesar de todas as perguntas não respondidas ainda pairando entre nós.

"Oi," ele disse ao me alcançar, sua voz baixa e casual. "Está tudo correndo bem, hein? Você está lidando com isso como uma profissional."

"Obrigada," eu respondi, mantendo meu tom profissional mesmo enquanto o nó no meu estômago se apertava. "É muito, mas estamos sob controle."

Jake olhou ao redor, absorvendo a cena com um aceno de aprovação. "Este lugar é impressionante. Você deveria estar orgulhosa do que conseguiu."

Sorri, grata pelo elogio, mas sem saber como responder. Antes que eu pudesse dizer mais, Jake se inclinou um pouco mais perto, sua voz caindo o suficiente para que apenas eu pudesse ouvir.

Havia algo não dito entre nós, pairando no ar como o zumbido de conversas ao redor da galeria. Mas antes que algum de nós pudesse dizer mais, a voz de Lila cortou o momento.

"Mia! Precisamos de você aqui!" ela chamou, sua voz tingida de urgência.

Eu pisquei, quebrando o olhar. "Eu preciso ir," eu disse rapidamente, me virando antes que a tensão entre nós pudesse se desfazer ainda mais.

Jake assentiu novamente, recuando. "Sim, claro. Vamos conversar depois."

Corri em direção a Lila, esperando que o ritmo agitado da noite abafasse as perguntas ainda ecoando na minha mente.

Sorri para o casal que estava mostrando ao redor da galeria, seus olhos brilhando enquanto admiravam uma das peças em destaque. A noite estava correndo suavemente, ou pelo menos tão suavemente quanto poderia com a energia ansiosa de Lila girando ao fundo. Os convidados estavam relaxados, aproveitando a arte e a atmosfera, que era tudo o que eu realmente poderia pedir.

"Este lugar é absolutamente deslumbrante," a mulher disse, seu braço entrelaçado com o do parceiro. "Lila tem falado muito sobre você. Ela diz que você tem sido uma grande parte de fazer tudo isso acontecer."

Eu dei um sorriso modesto. "Lila tem sido incrivelmente solidária. Tem sido muito trabalho, mas ver todos aproveitando a noite faz tudo valer a pena."

O homem assentiu, dando mais uma olhada ao redor da galeria. "É uma noite linda. Você fez um ótimo trabalho."

Antes que eu pudesse responder, uma das garçonetes se aproximou, segurando sua bandeja de taças de champanhe delicadamente. "Com licença," ela disse, sua voz suave, mas urgente. "Você é a Mia?"

Eu me virei para ela e assenti. "Sim, sou eu."

A garçonete se inclinou um pouco. "Lila disse que alguém está perguntando por você na porta."

Eu pisquei, confusa. "Ah, ok. Obrigada por me avisar."

A garçonete sorriu e voltou a servir os outros convidados. Virei-me de volta para o casal com quem estava, oferecendo-lhes um aceno educado. "Por favor, sintam-se à vontade para continuar explorando a galeria. Se precisarem de mais informações ou tiverem alguma pergunta, é só pedir por mim ou por um dos funcionários."

Eles sorriram calorosamente, agradecendo antes de voltarem a admirar outra peça. Afastei-me e comecei a me mover pela multidão, indo em direção à entrada, curiosa sobre quem poderia estar me esperando na porta.

À medida que me aproximava, meu coração acelerou um pouco, sem saber o que esperar.

CAPÍTULO 16

Lá estava ele... apenas parado na porta, como um fantasma de um pesadelo. Meu mundo tremeu no momento em que o vi. Meu ex.

Eu podia sentir o sangue sumir do meu rosto enquanto ficava parada, segurando a borda da porta para apoio. O homem com quem trabalhei tão duro para deixar para trás, o homem que destruiu minha confiança, estava aqui. E pior, ele não estava apenas aqui—ele estava em pé ao lado de Lila, conversando como se pertencesse a este evento.

Lila me viu e acenou alegremente em minha direção, completamente alheia à tempestade que se formava dentro de mim. "Mia! Aqui! Um amigo seu acaba de chegar," ela chamou, seu tom leve e acolhedor. "Eu pedi à garçonete para te encontrar."

Um "amigo"? Meu estômago se contorceu. Ele não era um amigo—ele era a razão pela qual eu havia desmantelado minha vida, a razão pela qual ainda estava tentando me recompor. Eu podia sentir a raiva fervendo dentro de mim, um impulso quente e implacável de emoção que mal conseguia controlar. Lila não fazia ideia do monstro que acabara de acolher na exposição.

Forcei um sorriso tenso, meus passos lentos e deliberados enquanto me aproximava deles. Meu ex estava ali, todo cheio de confiança, fingindo ser alguém que não era. Ele não havia mudado nada, e apenas vê-lo trouxe de volta um turbilhão de memórias que eu preferiria manter enterradas.

Lila se virou para ele com um sorriso, completamente alheia à tensão que se espessava no ar. "Estou tão feliz que você veio!" ela disse, seu entusiasmo apenas me deixando mais furiosa. "A Mia tem trabalhado tão duro nesta exposição. Vocês dois devem ter tanto o que colocar em dia."

Se ao menos ela soubesse.

Engoli em seco, tentando me estabilizar antes de responder. "O que você está fazendo aqui?" perguntei, minha voz baixa, mal controlada.

Meu ex sorriu para mim, aquele mesmo sorriso arrogante e ensaiado que eu costumava achar charmoso. Agora, apenas me dava nojo. Ele se virou levemente para Lila, ignorando o fogo ardente em meus olhos. "Ouvi sobre a exposição através de alguns amigos em comum," disse casualmente, fingindo que esta era uma reunião normal. Como se ele não tivesse destruído tudo entre nós.

Lila sorriu radiante, ainda completamente alheia à tempestade que se formava sob a superfície. "Não é maravilhoso? É sempre bom quando velhos amigos se reconectam. Eu pensei que a Mia ficaria animada em ver você!"

Eu forcei um sorriso para não preocupar Lila, meu coração acelerando com uma mistura de fúria e apreensão. "Sim, eu estou... surpresa," eu consegui dizer, minha voz tensa enquanto tentava manter minhas emoções sob controle. "Mas eu não esperava vê-lo aqui."

"Bem, surpresa!" meu ex disse, me lançando aquele sorriso irritante novamente. Ele estava se divertindo com isso, o controle sutil que estava tentando reassertar sobre mim, bem aqui no meio de tudo que eu havia construído para mim mesma.

Eu precisava sair dessa situação antes que dissesse ou fizesse algo que me arrependesse. Eu podia sentir as memórias do nosso relacionamento tóxico subindo à tona—as mentiras, a manipulação, a traição. Estava tudo voltando em uma enxurrada, e eu não estava disposta a deixar que ele arruinasse esta noite para mim.

"Lila," eu disse, virando-me para ela, tentando manter minha voz estável, "você pode nos dar um momento?"

Ela parecia confusa, mas assentiu, ainda não entendendo o quadro completo. "Oh, claro. Eu vou verificar algumas coisas," ela disse, olhando entre nós antes de se afastar, ainda blissfully alheia à tensão.

Assim que ela saiu de vista, virei-me para meu ex, minha mandíbula cerrada. "Por que você realmente está aqui?" perguntei, minha voz baixa e fria. "Isso não é uma coincidência. O que você quer?"

Ele deu de ombros, fingindo inocência. "Eu só queria ver como você estava. Faz um tempo, não é? Ouvi que você estava indo bem aqui, e pensei—por que não passar?"

Cruzei os braços, estreitando os olhos. "Não brinque comigo. Você não se importa como estou. Você não veio aqui por preocupação. Então, o que é? Qual é a verdadeira razão pela qual você está aqui?"

O sorriso dele vacilou por um momento, mas apenas brevemente. "Eu mudei, Mia. Eu queria ver se poderíamos conversar, talvez colocar as coisas em dia. As coisas terminaram em uma nota ruim—"

"Isso é um eufemismo," eu interrompi, minha voz mais aguda agora. "Você me traiu, mentiu para mim e me deixou para juntar os pedaços da minha vida. E agora, você simplesmente aparece aqui como se nada tivesse acontecido? Como se fôssemos velhos amigos?"

A expressão dele se endureceu. "Olha, eu só estou tentando fazer as pazes aqui."

Eu ri amargamente. "Fazer as pazes? Invadindo um evento que eu trabalhei meses para organizar? Fingindo que você pertence aqui, com Lila, com essas pessoas que não sabem como você realmente é?"

Ele se aproximou, baixando a voz. "Eu entendo, Mia. Você ainda está ferida. Mas nós dois seguimos em frente, não seguimos? Eu pensei que você apreciaria uma chance para—"

"Para quê?" eu interrompi, cortando-o novamente. "Para te perdoar? Para te receber de volta na minha vida? Não, eu segui em frente, mas isso não significa que eu queira você perto de mim."

A mandíbula dele se apertou, e pela primeira vez, a máscara de charme escorregou um pouco. "Você mudou, Mia. Você costumava ser mais compreensiva."

Eu dei um passo para trás, recusando-me a deixar que ele chegasse até mim. "Não, eu cresci. Aprendi a me proteger de pessoas como você. Agora, se você me der licença, eu tenho uma exposição para administrar."

Virei-me para me afastar, mas ele agarrou meu braço, me impedindo. "Mia, espere."

Eu congelei, a raiva subindo no meu peito, mas mantive minha voz estável. "Solte-me."

Ele hesitou, sua mão apertando por um momento antes de finalmente me soltar. "Eu só queria conversar."

"Nós não temos nada para conversar," eu disse firmemente, me virando para ele mais uma vez.

Enquanto caminhava de volta para a galeria antes que isso se tornasse uma cena de drama, eu podia sentir os olhos dele em mim, mas continuei avançando. Meu coração estava acelerado, mas eu não deixaria que ele vencesse. Não esta noite. Não nunca mais. Fui ao banheiro e lavei minhas mãos para tentar me acalmar e pensar no que fazer nessa situação. Como ele pôde fazer isso comigo? É meu dia. Eu esfreguei um pouco de água no meu pescoço para ancorar meu corpo.

Deixei a água correr, o som me acalmando ligeiramente enquanto esfregava mais água em meus pulsos. Meu coração ainda estava acelerado, mas eu precisava me recompor. Eu não podia permitir que ele arruinasse tudo. Não esta noite. Não quando deveria estar focada na exposição, no sucesso da noite.

Respirei fundo, fechando os olhos por um momento. Você é mais forte agora, eu me lembrei. Você não deve nada a ele. Ele não tem controle sobre você mais.

Mas o que eu deveria fazer? Eu não podia simplesmente ignorá-lo a noite inteira. Ele estava lá fora, e Lila, coitada de sua alma alheia, provavelmente achava que ele era algum amigo de longa data. Sequei minhas mãos com uma toalha, tentando descobrir meu próximo movimento.

Eu não podia deixar que ele me afetasse, não na frente de todos. Não na frente de Jake.

Jake. Meu estômago se contraiu ao perceber que ele poderia me ver desmoronar se eu não me organizasse. Eu nem havia pensado em como ver meu ex pareceria, e a última coisa que eu queria era que Jake pensasse que eu ainda era afetada por alguém de quem trabalhei tão duro para me afastar.

Com mais uma respiração profunda, endireitei-me, olhando para mim mesma no espelho mais uma vez. Alisei meu cabelo, ajustando minha expressão para algo que se assemelhasse à calma. Eu consigo lidar com isso, pensei. Ele não tem nenhum poder aqui.

Determinada, deixei o banheiro e reentrei na galeria, o zumbido de conversas e o suave tilintar de copos preenchendo o ar. Eu examinei a sala, tentando localizar Lila, esperando que ela não tivesse se afastado com ele. Eu não podia deixar que ela se envolvesse demais com ele sem conhecer a verdade.

Enquanto eu me movia entre os convidados, alguém tocou suavemente meu braço. Eu me virei, meio esperando ver meu ex novamente, mas era Jake. Sua expressão estava curiosa, seus olhos examinando meu rosto como se sentisse que algo estava errado.

“Ei, você está bem?” ele perguntou, a preocupação passando pela sua voz. “Você desapareceu por um tempo.”

Forcei um sorriso, tentando manter meu tom leve. “Sim, só precisei me afastar por um momento. É muito para administrar, você sabe.”

Ele assentiu, mas não parecia totalmente convencido. “Se precisar de ajuda com algo, é só me avisar.”

“Obrigada, Jake,” eu disse, apreciando o gesto, embora minha mente ainda estivesse acelerada. “Eu estou sob controle.”

Jake ficou por um momento, seu olhar fixo no meu. “Tem certeza? Você parece... tensa.”

Respirei fundo, resistindo à vontade de contar tudo sobre meu ex. “É só a pressão da noite, isso é tudo.”

“Certo,” ele disse, embora seus olhos permanecessem mais um segundo antes de ele assentir. “Se precisar de uma pausa, não hesite. Eu vi o quanto você se dedicou a isso.”

Assenti, grata pelo apoio, mas precisava manter a conversa curta. “Eu estarei bem. Só preciso garantir que tudo está correndo suavemente.”

Com isso, Jake sorriu, me deu um pequeno aceno e voltou para a multidão. Exalei, grata por ele não ter pressionado mais. Eu não estava pronta para falar sobre meu ex com ninguém ainda, muito menos com Jake.

Por enquanto, eu precisava me concentrar. Avistei Lila do outro lado da sala, ainda zanzando entre os convidados, mas felizmente, sem meu ex ao seu lado. Eu precisava manter assim.

Enquanto eu contornava um canto, avistei Lila conversando animadamente com um pequeno grupo de convidados, seus braços se movendo enquanto gesticulava em direção a uma das peças. Suspirei aliviada, agradecida por ela parecer estar aguentando apesar da sua ansiedade anterior. Eu sabia que ela me perguntaria sobre meu "amigo" mais tarde, e a ideia de explicar essa situação me fazia querer me enfiar debaixo de uma mesa.

Dirigi-me ao bar na parte de trás da sala, pensando que precisava de um momento rápido para respirar. O barman sorriu ao me ver, e eu acenei, pedindo água com gás. Algo para manter minhas mãos ocupadas, pelo menos. Enquanto esperava, virei-me para observar a multidão, o suave murmúrio de vozes e o tilintar de copos preenchendo o espaço. Era uma noite linda, exatamente o que eu havia trabalhado tão duro para conseguir, e ainda assim a única pessoa que não tinha nada a ver com isso estava ameaçando arruiná-la.

Com um copo frio na mão, examinei a sala novamente, esperando que ele tivesse entendido a mensagem e ido embora. Estava prestes a dar um gole quando o vi—meu ex—parado perto da parede de trás, seus olhos percorrendo a galeria como se fosse o dono do lugar. Ele não tinha ido embora. Ele ainda estava ali, espreitando como uma sombra indesejada.

Apertei meu copo com força, tentando suprimir a raiva que fervia dentro de mim. Por que ele não iria embora? Por que ele tinha vindo em primeiro lugar? Minha mente girava com perguntas que eu não queria responder.

Antes que eu pudesse tomar uma decisão, ele se virou e travou os olhos em mim. Aquele mesmo sorriso arrogante cruzou seu rosto, e eu senti meu corpo se tensionar. Eu rapidamente desviei o olhar, fingindo me concentrar em uma obra de arte próxima, esperando que ele pegasse o recado. Mas, é claro, ele não pegou. Alguns momentos depois, ouvi seus passos se aproximando, e me preparei.

"Mia," ele disse, sua voz baixa e suave, como se nada tivesse acontecido entre nós. "Você não me deu muita chance de falar antes."

Eu não me virei para enfrentá-lo, mantendo meu olhar fixo na arte. "Isso é porque não há nada para se falar."

"Você ainda está chateada," ele disse, como se fosse um pequeno inconveniente. "Achei que talvez tempo suficiente tivesse passado—"

Eu me virei para encará-lo, minha paciência se rompendo. "Tempo suficiente? Você acha que o tempo conserta o que você fez? Eu segui em frente. Você aparecer aqui assim não muda nada."

Ele levantou as mãos, palmas para fora em uma rendição simulada. "Ok, ok. Eu só pensei que poderíamos colocar a conversa em dia, só isso."

Eu o encarei, minha mandíbula tensa. "Colocar a conversa em dia? Você não entende, entende? Você não faz mais parte da minha vida. Você não pode simplesmente aparecer aqui como se fosse bem-vindo."

O sorriso dele vacilou por um segundo, e eu percebi uma fração da frustração por trás do charme dele. Mas ele rapidamente disfarçou, se aproximando, baixando a voz. "Eu sei que eu estraguei tudo, Mia. Mas as coisas não eram todas ruins entre nós."

Eu podia sentir meu pulso acelerando, mas mantive minha posição. "Talvez não para você. Mas eu não te devo nada, e não quero nada de você. Então, se você ainda tiver algum respeito, você vai embora."

Ele estudou meu rosto por um momento, como se estivesse pesando seu próximo movimento. Finalmente, ele suspirou, um pequeno sorriso ainda puxando os cantos de sua boca. "Tudo bem. Se é isso que você quer."

"É," eu disse firmemente.

Ele manteve meu olhar por mais um instante, então finalmente assentiu. "Ok, Mia. Eu vou. Mas se você algum dia quiser conversar—"

"Eu não quero."

Ele riu suavemente, balançando a cabeça como se estivesse se divertindo com a minha determinação.

Justo quando pensei que ele ia embora, a mão dele disparou e agarrou meu braço. Meu corpo se tencionou imediatamente, meu coração disparando no peito enquanto ele me puxava para mais perto. O aperto dele não era forte, mas era firme, e a expressão no rosto dele estava longe de ser apologética agora.

"Mia, não seja assim," ele disse entre dentes, sua voz baixa e perigosa. "Eu vim de longe para falar com você. Você me deve isso."

Tentei me afastar, mas o aperto dele se apertou. "Solte-me," eu sibilou, minha voz tremendo com uma mistura de raiva e medo. "Você não tem direito—"

Antes que eu pudesse terminar, ouvi passos se aproximando rapidamente, e então uma voz cortou a tensão como uma faca.

"O que está acontecendo aqui?" A voz de Lila ecoou, aguda de preocupação enquanto ela se apressava em nossa direção. Atrás dela estava Jake, sua expressão se escurecendo enquanto ele avaliava a cena. Seus olhos foram de mim para meu ex, e eu vi a mudança em seu comportamento—tranquilidade substituída por algo muito mais sério.

“Quem diabos é esse cara?” Jake exigiu, sua voz afiada enquanto se aproximava, seu corpo tenso. Seus olhos estavam fixos no meu ex, que ainda não havia soltado meu braço.

Lila olhou entre nós, claramente confusa e preocupada. “Mia? O que está acontecendo? Está tudo bem?”

Eu engoli em seco, tentando manter minha voz estável. "Ele não é ninguém," eu disse, lançando um olhar fulminante para meu ex. "Apenas alguém que não entende quando deve ir embora."

Jake avançou, sua presença imponente, e meu ex finalmente soltou meu braço, dando um pequeno passo para trás. A expressão de satisfação em seu rosto havia desaparecido, substituída por um lampejo de irritação.

“Oh, entendi,” ele murmurou, olhando entre Jake e eu. “Então é isso que está acontecendo.” Sua voz transbordava desdém, e isso fazia meu sangue ferver ainda mais.

A mandíbula de Jake se contraiu enquanto ele dava mais um passo à frente, seus olhos estreitando. “Eu não me importo com o que você acha que isso é. Você precisa ir. Agora.”

Lila, ainda pairando na borda da confrontação, olhou para mim, sua preocupação aumentando. "Mia, você quer que eu chame a segurança?"

Eu hesitei por um segundo, mas a maneira como Jake estava firmemente entre mim e meu ex me deu uma sensação de alívio. "Sim," eu disse firmemente, sem tirar os olhos do meu ex. "Acho que é uma boa ideia."

Meu ex zombou, claramente percebendo que estava em desvantagem numérica. Ele levantou as mãos em rendição simulada, dando um passo para trás. "Tudo bem. Eu vou," ele disse, seu tom ainda carregado de amargura. "Mas não pense que isso terminou, Mia."

Jake deu mais um passo em direção a ele, sua voz baixa e perigosa. "Acabou. Se eu te ver por aqui de novo, teremos um problema maior."

Meu ex lançou um olhar desafiador para ele, mas não disse mais nada. Com um último olhar para mim, ele se virou e saiu da galeria, desaparecendo na noite. Eu fiquei lá, sentindo meu corpo todo tenso e abalado, a adrenalina ainda correndo por mim.

Lila correu para o meu lado, seus olhos arregalados de preocupação. "Mia, você está bem? Que diabos foi isso?"

Eu forcei um pequeno sorriso, embora minhas mãos ainda estivessem tremendo. "Está... está tudo bem agora. Ele é alguém do meu passado. Não deveria estar aqui em primeiro lugar."

Jake, ainda perto de mim, olhou para meu braço onde meu ex havia me agarrado, sua expressão suavizando um pouco. "Ele te machucou?"

Eu balancei a cabeça rapidamente. "Não. Apenas me assustou."

Lila, parecendo completamente confusa, passou a mão pelo cabelo. "Eu não tinha ideia... Sinto muito, Mia. Eu não quis—"

"Você não sabia," eu disse rapidamente, interrompendo-a antes que ela pudesse sentir mais culpa. "Está tudo bem. Eu só preciso de um minuto."

A mão de Jake pairou perto das minhas costas, uma oferta silenciosa de apoio. "Você quer que eu pegue um pouco de água? Fazer uma pausa?"

Eu assenti, grata pela oferta. "Sim. Isso seria bom."

Lila também assentiu, claramente ainda abalada. "Vou verificar as coisas. Leve o tempo que precisar, Mia. Está tudo indo bem."

Enquanto Lila se afastava para lidar com o resto da exposição, Jake permaneceu ao meu lado, me guiando para um canto mais tranquilo da galeria. A tensão do encontro ainda estava densa no ar, mas pela primeira vez naquela noite, eu senti que podia respirar novamente.

CAPÍTULO 17

Jake insistiu em me levar para casa depois da exposição, e eu não tinha energia para discutir. Depois do caos da noite—depois de ver meu ex e ter o peso do passado colidindo com o presente cuidadosamente construído—eu precisava do conforto de um ambiente familiar. Maple Ridge se tornara meu refúgio, e eu esperava desesperadamente que continuasse assim.

Enquanto dirigíamos pelas ruas tranquilas, o suave zumbido do motor do carro era o único som. A exposição havia transcorrido suavemente depois que meu ex saiu, e Lila havia administrado o resto da noite com seu habitual talento. Os convidados estavam alheios, a arte havia sido admirada e a noite foi, em todos os aspectos, um sucesso. Mas tudo que eu conseguia pensar era em como meu passado havia conseguido se infiltrar pela porta, não convidado, indesejado.

Eu olhei pela janela, observando as sombras das árvores passarem sob a luz da lua. Como ele me encontrou? Eu havia feito todo o possível para deixar essa parte da minha vida para trás, mas de alguma forma, ele conseguiu voltar. Eu mantive minha vida aqui privada, com apenas algumas pessoas conhecendo a história completa. Mas meu ex sabia o suficiente—ele sabia sobre a conexão da minha mãe com Maple Ridge. Provavelmente é daí que ele começou.

Ele deve ter feito sua pesquisa, descobrindo onde eu fui depois que minha mãe faleceu. Ele sabia que eu tinha laços aqui, mas como ele soube sobre a exposição? Minha mente continuava girando, buscando respostas que não pareciam se encaixar.

"Ele não vai te incomodar de novo," Jake disse, quebrando o silêncio. Sua voz era calma, firme. "Se ele fizer... eu vou me certificar disso."

Eu me virei para olhá-lo, seu perfil iluminado pela suave luz do painel. Havia uma seriedade em sua voz que me fez acreditar nele. Ele não estava apenas dizendo isso para me acalmar—ele realmente se importava.

"Eu espero que sim," eu disse baixinho. "Eu não sei nem como ele descobriu sobre o evento. Achei que deixei tudo isso para trás quando vim para cá, mas de alguma forma, ele sempre consegue aparecer."

Jake lançou um olhar para mim, sua sobrancelha franzida. "Como ele sabia que você estava em Maple Ridge?"

Eu suspirei, recostando-me no meu assento. "Ele sabia sobre a conexão da minha mãe com a cidade. Depois que ela faleceu, acho que ele deduziu que eu poderia vir aqui. Mas já faz tanto tempo... eu não pensei que ele se importaria o suficiente para me rastrear novamente. Ele deve ter feito algumas investigações."

A mandíbula de Jake se contraíu levemente. "Parece que ele está te perseguindo."

"É, parece mesmo," eu admiti. "Achei que ele tivesse seguido em frente, mas claramente, eu estava errada."

Houve uma pausa, o peso das minhas palavras se estabelecendo entre nós. Jake estendeu a mão e gentilmente colocou-a em meu braço, um pequeno gesto de conforto que eu não percebi que precisava. "Você está segura aqui. Eu não vou deixar nada acontecer com você."

Eu assenti, grata pelo apoio dele, embora a incerteza ainda me consumisse. Eu só podia esperar que Maple Ridge não se tornasse um lugar onde meu ex retornasse, que esse encontro fosse uma intrusão única. A ideia de ele espreitando ao fundo, esperando outra chance de se inserir na minha vida, me dava arrepios. Eu havia construído algo aqui—algo bom—e não estava disposta a deixar que ele o destruísse.

"Eu só não entendo por que ele viria agora," murmurei, mais para mim mesma do que para Jake. "O que ele quer? Ele não se importa comigo, nunca se importou, não realmente. Ele só quer controle."

A mão de Jake permaneceu em meu braço, uma presença constante. "Qualquer que seja seu motivo, não importa agora. Ele se foi. E se ele aparecer de novo, nós vamos lidar com isso."

Nós. Essa palavra me fez hesitar. Jake se colocou nessa situação comigo, sem questionar. Era estranho pensar em alguém ao meu lado, especialmente depois de ter passado tanto tempo reconstruindo minha vida sozinha.

"Eu não quero te envolver nisso," eu disse suavemente, sentindo o peso do meu passado voltar. "Não é sua luta."

Jake balançou a cabeça. "Mia, eu já estou nessa. Quer você queira ou não, eu me importo com você. E não vou deixar alguém como ele bagunçar sua vida."

Eu pisquei, surpresa com a franqueza de suas palavras. Ele se importava comigo. Não era algo que eu havia permitido acreditar completamente antes, mas agora, ouvindo isso tão claramente, eu não podia ignorar.

"Obrigada," eu sussurrei, minha voz mal audível.

Jake me deu um pequeno sorriso reconfortante antes de voltar sua atenção para a estrada. "Nós vamos resolver isso," ele disse simplesmente, como se não houvesse outra opção.

Chegamos à minha cabana alguns minutos depois, o ar da noite fresco e nítido enquanto eu saía do carro. Jake me acompanhou até a porta, sua presença firme e calma ao meu lado. Ao chegarmos aos degraus da frente, eu pausei, me virando para encará-lo.

"Eu aprecio tudo o que você fez esta noite," eu disse, minha voz firme, mas cheia de gratidão. "Eu não sei o que eu teria feito sem você."

Jake deu de ombros, sua habitual atitude despreocupada de volta ao lugar. "Você não precisa me agradecer. Apenas descanse. Você teve um longo dia."

Quando chegamos à minha porta da frente, o ar da noite ainda se agarrando aos vestígios da tensão de antes, Jake hesitou ao meu lado, as mãos enfiadas profundamente em seus bols pockets. Eu procurei minhas chaves, minha mente correndo entre os eventos da noite e a inesperada sensação de segurança que sua presença trouxe.

"Ei, Mia," Jake começou, sua voz um pouco mais suave agora. Eu olhei para ele, incerta do que ele estava prestes a dizer. "Eu sei que você teve muita coisa jogada em você esta noite, e eu não quero forçar, mas... eu não me sinto confortável em te deixar aqui sozinha. Não com aquele lunático à espreita."

Eu pisquei, surpresa. Ele não estava indo embora?

Ele deve ter visto a incerteza em meu rosto, porque rapidamente acrescentou: "Posso ficar no sofá. Só por esta noite. Só para garantir que ele não tente nada mais."

Eu o encarei, a vulnerabilidade em sua oferta me pegando de surpresa. Parte de mim queria recusar, insistir que eu poderia lidar com isso sozinha. Afinal, eu passei tanto tempo tentando provar que não precisava de ninguém para me manter segura, especialmente depois do que meu ex me fez passar.

Mas a verdade era que eu estava abalada. Mais do que eu queria admitir. A ideia de aquele homem se esgueirando, sabendo onde eu morava, me dava arrepios. E Jake, ali, com aquela presença firme e reconfortante—parecia a coisa certa a se fazer, mesmo que meu coração estivesse confuso pela desconfiança da última vez que estivemos juntos.

Ainda havia aquela pergunta persistente sobre a ligação no parque, a que me fez hesitar em confiar plenamente nele. Mas esta noite, depois de tudo, eu não podia negar que me sentia mais segura com ele ali. E eu precisava disso agora.

Eu suspirei, o peso das minhas próprias vulnerabilidades se instalando sobre mim enquanto eu assentia. "Tudo bem, você pode ficar," eu acrescentei, mais para me convencer do que a ele. "Vou me sentir melhor sabendo que alguém está aqui."

Os ombros de Jake relaxaram, e ele me deu um pequeno sorriso de gratidão. "Vou pegar minhas coisas do carro e já volto."

Eu o observei enquanto ele seguia pelo caminho em direção ao carro estacionado ao lado, minha mente um turbilhão de pensamentos conflitantes. Eu confiava em Jake, mas ao mesmo tempo, não confiava. Não totalmente. Não depois daquela ligação. Mas o que eu deveria fazer? Afastá-lo, quando esta noite me mostrou o quão vulnerável eu ainda era?

Eu destranquei a porta e entrei, o calor familiar da minha cabana me envolvendo enquanto eu ficava lá, esperando por ele voltar. Isso não era como eu esperava que a noite fosse. Eu deveria estar celebrando o sucesso da exposição, não hospedando o homem que complicava minhas emoções de maneiras que eu não estava pronta para confrontar.

Alguns minutos depois, Jake reapareceu, carregando uma pequena bolsa de viagem. Ele entrou, lançando um olhar ao espaço aconchegante, avaliando o ambiente como se não estivesse aqui antes.

"Obrigado por me deixar ficar aqui," ele disse, sua voz baixa enquanto deixava a bolsa perto do sofá. "Eu sei que não é ideal, mas eu simplesmente... não poderia te deixar sozinha depois de tudo."

Eu dei de ombros, sentindo a estranheza da situação entre nós. "Está tudo bem. Eu aprecio, honestamente."

Jake me deu um pequeno aceno de entendimento, então gesticulou para o sofá. "Vou me instalar aqui. Você pode dormir e fingir que eu não estou aqui."

Eu ri apesar de mim mesma, a tensão aliviando um pouco. "Vou tentar."

Eu observei enquanto ele desdobrava um cobertor que trouxera, jogando-o sobre o sofá e ajeitando uma das almofadas. Por um momento, parecia algo de uma sitcom estranha—uma garota deixando o cara dormir em seu sofá, mas com tantas coisas não ditas entre eles.

Jake hesitou, olhando para mim como se percebesse minha hesitação. "Ei," ele disse suavemente, seu tom mais sério agora. "Eu sei que as coisas foram... estranhas entre nós. Mas eu prometo, estou aqui pelas razões certas esta noite. Você não precisa se preocupar."

Eu assenti, embora uma parte de mim ainda segurasse a desconfiança de antes. Mas eu não tinha energia para cavar nisso agora. Não esta noite. Não depois de tudo o que aconteceu.

"Tudo bem," eu disse, dirigindo-me para meu quarto. "Vejo você pela manhã."

"Boa noite, Mia," Jake chamou, sua voz suave, mas firme.

Quando fechei a porta atrás de mim, não pude deixar de sentir o peso da noite se instalar em meus ossos. Eu queria confiar em Jake, acreditar que ele estava ali para ajudar, mas ainda havia aquela sensação persistente de incerteza.

CAPÍTULO 18

Deitada na cama, eu olhei para o teto, minha mente replays os eventos da noite repetidamente. Meu ex aparecendo, Jake intervindo para me proteger, a estranheza de tê-lo dormir no meu sofá agora. Era tudo demais.

Mas enquanto eu lay lá, ouvindo o silêncio da casa, o pensamento de Jake a poucos passos de distância—guardando, vigiando—era estranhamente reconfortante. E apesar de tudo, pela primeira vez naquela noite, eu me senti um pouco mais segura.

"JAKE!" eu gritei o mais alto que pude, segurando o cobertor contra o meu peito e pulando na cama como se o chão estivesse pegando fogo.

A porta do meu quarto se abriu tão rápido que quase saiu das dobradiças. Lá estava ele—Jake—entrando como um super-herói prestes a salvar o dia, pronto para derrubar qualquer pesadelo que eu estivesse gritando.

Seus olhos estavam arregalados, vasculhando o quarto como se esperasse que meu ex estivesse escondido no canto, com uma faca na mão. "O que está acontecendo?!" ele gritou, sua voz densa de adrenalina. "Onde ele está?!"

Eu fiquei congelada na cama, olhos arregalados, tentando encontrar as palavras, mas tudo o que consegui fazer foi apontar freneticamente para o canto do quarto. Meu coração disparava, minha respiração presa na garganta enquanto eu olhava para os meus pés.

O olhar de Jake seguiu meu dedo trêmulo, sua postura tensa, pronto para agir. Ele apertou os olhos, tentando descobrir que tipo de inimigo estávamos enfrentando.

"Sério, onde está—" Ele parou no meio da frase, seu corpo relaxando ao finalmente avistar a chamada "ameaça".

O silêncio tomou conta do quarto enquanto seus ombros se deixavam cair, e a preocupação desaparecia de seu rosto. A intensidade no ar colapsou como um balão com um furo lento.

"Mia..." Ele disse meu nome com um suspiro prolongado, esfregando a testa. "É um rato."

Eu assenti, olhos arregalados e frenéticos, ainda apontando para o chão como se fosse algo saído de um filme de terror. "Sim, um rato!"

Jake piscou para mim por um segundo antes de um sorriso começar a puxar os cantos de sua boca. Ele ficou lá, meio rindo, meio balançando a cabeça em descrença. "Você gritou como se estivesse sendo assassinada... por causa de um rato?"

Cruzei os braços, sentindo minhas bochechas corarem de vergonha. "Não é engraçado!" protestei, ainda em pé na cama. "É nojento, e e se ele subir em mim enquanto eu durmo?!"

Jake não conseguiu se segurar mais—ele explodiu em risadas, curvando-se enquanto tentava recuperar o controle. "Eu estava pronto para lutar com alguém!"

"Bem, me desculpe por achar que uma invasão de ratos também é aterrorizante," eu respondi, embora um pouco do meu pânico estivesse começando a desaparecer agora que eu estava vendo como tudo aquilo era ridículo.

Jake caminhou até o canto do quarto, agachando-se enquanto o rato disparava para trás da cômoda. "Certo, vamos tirar esse pequeno cara daqui antes que você decida chamar a polícia."

"Você é hilário," murmurei, finalmente descendo da cama, mas ainda mantendo distância. "Qual é o seu plano, então? Sr. Especialista em Ratos?"

"Você tem manteiga de amendoim?" Jake perguntou, ainda sorrindo.

Eu o encarei. "O quê? Você está tentando fazer amizade com ele?"

Jake riu e se levantou, limpando as mãos nas calças. "Não, gênio. Ratos adoram manteiga de amendoim. Vamos usá-la para atraí-lo. Você tem alguma?"

Rolei os olhos, mas apontei para a cozinha. "Na prateleira de baixo da despensa. Mas você vai fazer a armadilha, não vou chegar perto daquela coisa."

"Fechado," Jake disse, dando-me uma saudação brincalhona antes de desaparecer pelo corredor em direção à cozinha.

Fiquei lá, de braços cruzados, esperando enquanto olhava nervosamente ao redor do quarto. O rato havia desaparecido para se esconder, mas eu não estava disposta a correr riscos. Recusava-me a ser aquela pessoa que acorda com um rato aconchegado em sua cama.

Jake voltou alguns momentos depois, segurando uma colher de manteiga de amendoim e uma caixa de sapatos. Ele se agachou novamente, montando uma armadilha improvisada perto da cômoda onde o rato havia desaparecido.

Não consegui deixar de levantar uma sobrancelha. "Você tem certeza de que isso vai funcionar?"

"Confie em mim," ele disse, exibindo um sorriso. "Eu já fiz isso antes."

Cruzei os braços, ainda me sentindo um pouco cética, mas também meio divertida com tudo aquilo. Jake posicionou a caixa de sapatos, espalhando um pouco de manteiga de amendoim na borda interna para atrair o rato.

Esperamos em silêncio, observando a manteiga de amendoim como se fosse uma operação de alto risco. Eu mordi meu lábio, tentando não rir de quão sério Jake estava levando isso. Depois de alguns minutos, o rato cautelosamente pôs a cabeça para fora, farejando o ar.

Meu coração disparou por um motivo completamente diferente agora enquanto eu estava lá, de olhos arregalados, observando a pequena criatura se aproximar da armadilha. E então, com um rápido movimento, ele correu para dentro da caixa.

Jake bateu a tampa. "Peguei!"

Ele levantou a caixa como um prêmio, sorrindo triunfante. "Viu? Fácil."

Deixei escapar um longo suspiro, meu corpo finalmente relaxando. "Graças a Deus."

O sorriso de Jake suavizou enquanto ele olhava para mim, seu rosto ainda cheio de diversão. "Crise evitada."

"Sim, obrigado por... você sabe, me salvar do aterrorizante roedor," eu disse, meio brincando, meio séria.

Jake riu e se aproximou, a caixa em uma mão, mas agora a poucos centímetros de mim. "Acho que isso me torna seu herói da noite."

Houve uma mudança—uma mudança súbita no ar entre nós. Ambos paramos, nossos olhos se encontrando na luz tênue do quarto. O caos e o medo de um rato pareciam a milhas de distância, substituídos por algo muito mais real.

"Acho que sim," eu disse suavemente, meu coração disparando por um motivo totalmente diferente agora.

Antes que eu pudesse pensar, antes que eu pudesse sobreanalisar, inclinei-me levemente, e Jake me encontrou a meio caminho. Seus lábios roçaram os meus em um beijo suave e hesitante. Não foi apressado ou intenso, mas foi o suficiente para fazer o mundo parecer que estava parado.

Quando nos afastamos, ambos estávamos sorrindo, percebendo o quão ridículo tinha sido todo o prelúdio.

"Você sabe," Jake disse com um sorriso, "se eu soubesse que pegar um rato me daria um beijo, eu teria feito isso muito antes."

Rolei os olhos, dando-lhe um tapa brincalhão. "Não fique convencido. Você ainda vai dormir no sofá."

Jake hesitou, olhando para a sala de estar, depois para mim, seu sorriso se apagando em algo mais sério. "Sim, sobre isso..."

Levantei uma sobrancelha, cruzando os braços. "O quê?"

Ele esfregou a nuca, parecendo um pouco envergonhado. "Eu não queria dizer nada, mas... está meio frio lá fora. E o sofá não é exatamente a coisa mais confortável do mundo."

Eu o encarei, minha sobrancelha ainda arqueada. "Você está tentando escapar de dormir no sofá?"

Jake levantou as mãos em rendição fingida. "Estou apenas dizendo, está congelante lá embaixo, e você tem essa cama enorme e quente só para você..."

Eu estreitei os olhos para ele, tentando avaliar se ele estava falando sério ou apenas brincando comigo. Mas ele me deu aquele olhar de cachorro perdido, aquele que de alguma forma me fez sentir um pouco culpada.

"Está realmente frio," ele acrescentou, sua voz baixa e patética, como se estivesse à beira da hipotermia.

Suspirei, já sentindo minha determinação enfraquecer. "Jake..."

"Vai lá," ele disse, me dando um sorriso brincalhão. "Prometo que vou ficar do meu lado."

Eu hesitei, sabendo muito bem que essa era uma péssima ideia. Mas ao mesmo tempo, eu não era insensível. E talvez... apenas talvez... tê-lo perto não seria a pior coisa do mundo. Especialmente depois de hoje à noite.

"Tudo bem," eu disse, apontando para ele. "Mas vamos usar travesseiros para nos separar, e você fica do seu lado."

Jake sorriu, já indo em direção à cama. "Fechado."

Eu peguei alguns travesseiros extras do armário e os joguei na cama, criando uma parede improvisada entre nós. "Isso fica aqui," eu disse firmemente, arrumando os travesseiros em uma barreira.

"Entendi," Jake disse, puxando as cobertas e se acomodando do outro lado da cama com um suspiro satisfeito. "Muito melhor."

Eu subi para o meu lado, certificando-me de que os travesseiros estavam no lugar antes de me deitar. "Você percebe que isso é uma única vez, certo?"

Jake riu, virando-se para me encarar, mas mantendo distância. "Claro, o que você disser."

Rolei os olhos novamente, puxando as cobertas até o meu queixo. Apesar da minha relutância anterior, eu tinha que admitir—era bom tê-lo perto, especialmente depois da loucura da noite. E com os travesseiros entre nós, parecia... seguro.

Por um momento, ficamos lá em silêncio, a tensão anterior derretendo. A casa estava quieta, o caos da noite finalmente atrás de nós.

"Obrigada por me deixar ficar aqui," Jake disse suavemente depois de um tempo.

"Obrigada por... pegar o rato," eu respondi, minha voz igualmente baixa.

Nós dois sorrimos na escuridão, e enquanto o quarto se acomodava na quietude, percebi que talvez, apenas talvez, compartilhar uma cama com Jake não fosse uma ideia tão ruim assim.

Mesmo com os travesseiros.

"Jake?" eu disse baixinho, quebrando o silêncio do quarto. Estava me incomodando desde aquele dia no parque, e eu não consegui mais segurar.

"Sim?" ele respondeu, sua voz relaxada, mas havia um toque de consciência como se ele sentisse que eu tinha algo importante a dizer.

Eu me movi debaixo das cobertas, olhando para o teto. "Eu estive pensando em algo... do parque."

Ele hesitou, e eu podia ouvi-lo se movendo levemente do seu lado da cama. "Sobre o que no parque?"

Eu hesitei por um segundo antes de simplesmente soltar. "Aquela ligação. Você parecia realmente estranho quando a recebeu. Não sei, Jake... parecia que você estava escondendo algo de mim. E eu não consigo parar de me perguntar o que era."

Jake soltou um suspiro, um daqueles longos e pesados que geralmente significam que alguém está prestes a dizer algo que está segurando.

"Mia, não era como se eu estivesse tentando esconder algo de você. É só... a situação era complicada."

Virei a cabeça para ele, franzindo a testa. "Complicada como?"

Ele se mexeu novamente, e eu pude sentir o ar entre nós ficar um pouco mais pesado. "Era um amigo meu. Ele... bem, ele tem me pressionado a fazer algo que eu não estou exatamente confortável."

Levantei uma sobrancelha. "O que você quer dizer?"

Jake hesitou por um momento, claramente relutante em entrar nisso. "Ele tem tentado me convencer a... usar o dinheiro da caridade para investimentos pessoais. Você sabe, fazer alguns retornos rápidos, dividir o dinheiro e então colocar tudo de volta na conta da caridade antes que alguém perceba."

Meus olhos se arregalaram enquanto processava o que ele estava dizendo. "Espere... ele quer que você pegue o dinheiro e aposte?"

"Não aposte, exatamente," Jake disse, passando a mão pelo cabelo. "Mas sim, ele acha que poderíamos investir, fazer algum lucro por fora, e ninguém jamais saberia. E então a caridade ainda receberia seu dinheiro."

Eu me sentei um pouco, olhando para ele em descrença. "Jake... isso é..."

"Eu sei," ele interrompeu, sua voz firme. "Eu sei que é errado. É por isso que eu não queria falar sobre isso então. Eu não queria te envolver. Eu já disse não a ele, mas ele continua pressionando."

Soltei a respiração, tentando entender. "Então, era isso que a ligação era sobre? Seu amigo tentando fazer você pegar o dinheiro da caridade?"

"Sim," Jake disse em voz baixa. "Ele acha que é inofensivo, mas eu não estou interessado em arriscar algo assim. Eu confesso que é tentador, ele tem mudado sua vida até agora, mas não vale a pena. Eu não queria te arrastar para isso porque... bem, não é algo que eu quero lidar mais. Mas tem me pesado."

Eu me recostei, meu coração ainda disparando um pouco. "Você não está realmente considerando isso, certo?"

"Não," Jake disse rapidamente. "Eu nunca faria isso. Eu só não queria te fazer preocupar ou te envolver em algo que não fosse seu problema."

Eu assenti lentamente, sentindo a tensão começar a diminuir, mas ainda um pouco abalada. "Eu entendo por que você não me contou, mas... ainda parecia que você estava escondendo algo."

Jake suspirou novamente, sua voz agora mais suave. "Eu não queria que você se sentisse assim. Eu só não queria que você pensasse que eu estava envolvido em algo suspeito. Eu não estou. Mas é difícil quando pessoas em quem você confia... começam a te empurrar na direção errada."

Eu olhei para ele, o peso de suas palavras pairando entre nós. "Eu entendo. Eu realmente entendo. Mas você poderia ter me contado. Eu não teria te julgado."

"Eu sei," ele disse em voz baixa. "E eu deveria ter feito. Acho que eu só não queria que você pensasse menos de mim."

"Eu não pensaria," eu disse suavemente. "Você não é esse cara, Jake."

Ele virou levemente a cabeça para mim, e eu pude sentir o alívio em sua voz quando ele falou novamente. "Obrigada, Mia. Eu aprecio isso."

Ficamos lá em silêncio por alguns momentos, o peso da conversa aliviando um pouco. Eu ainda me sentia um pouco inquieta, mas saber a verdade ajudava. Não era o que eu temia, e agora que estava tudo em aberto, eu poderia deixar isso para lá.

"Obrigada por ser honesto," eu sussurrei.

"Sempre," ele respondeu gentilmente.

O silêncio preencheu o quarto novamente, mas desta vez, parecia mais leve. Sem mais segredos, sem mais dúvidas. Apenas nós, resolvendo as coisas juntos.

O silêncio que preenchia o quarto parecia diferente agora—mais leve, mas ainda denso com coisas não ditas. Eu fiquei lá, minha mente não mais correndo com dúvidas sobre a ligação, mas ainda processando tudo o que Jake havia me contado. Era estranho como uma conversa poderia mudar toda a atmosfera.

Então, sem pensar, a mão dele roçou a minha em cima da barreira de travesseiros. Foi o toque mais suave, provavelmente acidental, mas o calor de sua pele enviou um arrepio através de mim. Por um momento, eu não tinha certeza se deveria me afastar—criar espaço novamente, manter as coisas como estavam.

Mas eu não fiz. Em vez disso, deixei minha mão ali, sentindo o contato gentil. Não era romântico ou carregado de significado, apenas... humano. Um reconhecimento de que, apesar de todo o caos e tensão entre nós, havia algo mais profundo. Algo que não precisava ser explicado.

Jake não moveu sua mão também, embora eu pudesse sentir uma leve hesitação dele, como se estivesse esperando eu reagir. Quando eu não me afastei, senti seus dedos relaxarem e então—apenas levemente—ele me tocou de volta. Seu polegar roçou suavemente sobre as costas da minha mão, quase como uma pergunta no movimento, como se estivesse checando se isso estava tudo bem.

Eu poderia ter me afastado. Poderia ter deixado a tensão subir novamente. Mas em vez disso, respondi envolvendo meus dedos suavemente ao redor dos dele, não uma pegada firme, mas um toque silencioso e compassivo. O tipo de toque que diz, eu entendo, sem precisar dizer uma palavra.

Por alguns momentos, apenas ficamos lá, conectados por esse pequeno e simples ato. A barreira de travesseiros entre nós de repente parecia menos significativa, como se fosse apenas uma formalidade que estávamos escolhendo ignorar. Havia algo não dito naquele toque, algo que transmitia mais do que quaisquer palavras que poderíamos ter trocado. Não se tratava de resolver problemas ou descobrir o que viria a seguir. Era apenas sobre estar ali.

"Obrigado," Jake disse suavemente, sua voz mal um sussurro na sala silenciosa.

Eu virei levemente a cabeça, embora não conseguisse vê-lo completamente no escuro. "Por quê?"

"Por confiar em mim," ele disse, seus dedos apertando suavemente os meus.

Eu sorri, embora fosse mais para mim mesma do que para ele. "Você mereceu."

Houve uma pausa, e então Jake falou novamente, sua voz firme, mas suave. "Não quero que você pense que estou escondendo algo de você, Mia. Não quero estragar isso."

Eu dei a mão dele um pequeno aperto reconfortante em resposta. "Eu não penso isso. Não mais. Mas vamos ter que ser honestos um com o outro se quisermos resolver isso."

Ele assentiu levemente, seus dedos ainda entrelaçados aos meus. "Eu posso fazer isso."

O momento pairou entre nós, e embora eu soubesse que as coisas ainda eram complicadas, esse pequeno ato de compaixão entre nós parecia preencher a lacuna que havia se alargado desde o parque. Estávamos longe de resolver tudo, mas talvez isso fosse okay. Talvez não precisássemos resolver tudo esta noite.

Sua mão ficou onde estava, e eu não movi a minha também. A parede de travesseiros entre nós poderia ter permanecido fisicamente, mas naquele momento, parecia que havíamos quebrado algo maior. Algo que importava mais do que a barreira de travesseiros ou o peso do passado.

Nós ficamos assim, dedos entrelaçados, nossa respiração sincronizada, o resto do mundo desaparecendo. Não havia necessidade de dizer mais nada. O silêncio entre nós dizia mais do que palavras poderiam jamais expressar.

O quarto ainda estava silencioso, o suave zumbido da noite se instalando ao nosso redor. Minha mão ainda descansava sobre a de Jake, o calor do toque dele uma presença constante que parecia preencher o espaço entre nós. Por um momento, ambos ficamos assim, a barreira de travesseiros ainda nos separando fisicamente, mas de alguma forma parecia... desnecessário.

Eu não sei o que me fez fazer isso—talvez fosse a maneira como o polegar dele continuava a acariciar suavemente a parte de trás da minha mão, ou talvez eu estivesse apenas cansada de toda a tensão não dita pairando no ar. De qualquer forma, eu me movi levemente, minha mão livre subindo para puxar um dos travesseiros para fora da barreira entre nós.

Jake não disse nada, mas eu pude sentir a mudança nele à medida que o travesseiro deslizava. Ele estava me observando, esperando, mas não se movendo até eu dar o próximo passo. Eu puxei o segundo travesseiro para o lado, tornando o espaço entre nós aberto e claro.

Nossos olhares se encontraram na luz tênue, e sem uma palavra, Jake se inclinou, fechando a distância entre nós. Não foi apressado, nem hesitante, apenas uma progressão natural do momento. Seus lábios encontraram os meus suavemente, mas com propósito, como se ele estivesse se segurando até agora.

O beijo começou devagar, seus lábios roçando suavemente contra os meus como se testassem as águas. Eu me inclinei, fechando os olhos e deixando o resto do mundo desaparecer, focando apenas na maneira como ele se sentia—sólido, quente e real.

A mão dele escapuliu da minha e subiu, repousando levemente ao lado do meu rosto, me puxando para mais perto. O beijo se aprofundou, sua boca se movendo contra a minha com mais certeza agora, sem hesitação. Eu respondi, minhas mãos encontrando seu peito, os dedos se enroscando no tecido da camisa dele enquanto eu me inclinava para ele.

A barreira de travesseiros havia desaparecido, e agora éramos apenas nós dois. O beijo se tornou mais intenso, nossos lábios se movendo em sincronia, as respirações se misturando enquanto o espaço entre nós desaparecia completamente. A outra mão dele encontrou a parte inferior das minhas costas, me puxando para mais perto até que não houvesse mais espaço.

Não havia palavras, não havia necessidade delas. Era tudo sobre o beijo—o jeito que nossos lábios se encontravam, o jeito que suas mãos se sentiam em mim, o jeito que tudo ao nosso redor parecia desvanecer ao fundo. O silêncio do quarto se encheu apenas com o som de nossas respirações, o suave farfalhar dos lençóis sob nós.

Seus lábios se moveram contra os meus com mais pressão, mais insistência, e eu o acompanhei, permitindo que o beijo se aprofundasse, meus dedos deslizando para a parte de trás do pescoço dele. Não foi apressado, mas também não foi hesitante—era como se ambos soubéssemos o que isso era, para onde estava indo, e não havia mais necessidade de segurar.

Eu podia sentir a força em suas mãos, a maneira como ele me puxava para mais perto, a maneira como ele me beijava como se estivesse esperando por esse momento. Eu me deixei perder nisso, perdida nele, meu corpo se inclinando para o dele, nossas respirações pesadas entre os beijos.

Eventualmente, nos afastamos, apenas por um momento, nossas testas descansando juntas, recuperando o fôlego. Não havia mais barreiras, não havia mais paredes entre nós. Apenas nós dois, neste momento, sem nada no caminho.

Jake abriu os olhos, sua respiração quente contra meus lábios. Ele não disse nada, mas o olhar em seus olhos era suficiente. Eu não precisava que ele dissesse nada, porque o beijo havia dito tudo que as palavras não podiam.

Ficamos assim, perto, sem espaço entre nós, e eu sabia que isso não era apenas sobre esta noite. Mas por agora, era o suficiente.

Jake se afastou levemente, apenas o suficiente para me olhar, sua respiração ainda quente contra meus lábios.

"Mia?" ele disse suavemente.

"Sim?" eu respondi, minha voz baixa, ainda recuperando o fôlego.

Ele hesitou por um segundo e então perguntou: "O que você vai fazer amanhã à noite?"

Eu sorri um pouco, tentando aliviar o clima. "Provavelmente vou assistir a alguma série e cochilar no meio," eu brinquei.

Ele riu suavemente, o som fazendo o momento parecer ainda mais relaxado. "Bem," ele disse, esfregando a parte de trás do pescoço, "meus avós perguntaram se você gostaria de jantar conosco algum dia. Você... aceitaria jantar conosco?"

CAPÍTULO 19

Eu estava em frente ao espelho, passando os dedos pelo meu cabelo mais uma vez, sentindo uma mistura de excitação e nervosismo borbulhando dentro de mim. Esta noite não era apenas um jantar qualquer—parecia um ponto de virada. Jake havia deixado claro que isso era mais do que apenas momentos casuais entre nós, mais do que apenas beijos passageiros. Este jantar era a maneira dele de me mostrar que eu não estava sendo escondida, que ele estava sério sobre me ter em sua vida.

Um zumbido do meu telefone me tirou dos meus pensamentos. Era uma mensagem de Jake:

Estamos prontos quando você estiver. Sem pressa—venha quando estiver pronta.

Sorri, olhando para a mensagem por um momento. Era simples, mas parecia muito mais. Eu passei dias me perguntando se ele estava segurando algo, se estávamos presos naquele espaço incerto de "o que somos." Mas isso, me convidando para jantar com seus avós, significava algo. Significava que ele não estava apenas me escondendo, e não estava jogando jogos. Ele estava me deixando entrar, mostrando uma parte mais profunda de sua vida.

Respirando fundo, olhei para mim mesma no espelho novamente. Eu havia escolhido algo bonito, mas não muito formal—um vestido floral suave que eu sabia que manteria as coisas confortáveis. Eu não estava me esforçando demais, mas queria parecer o meu melhor. Afinal, não era apenas um jantar com Jake—era um jantar com sua família.

Coloquei meus sapatos e peguei minha bolsa, dando a mim mesma um último olhar. É isso, Mia. Não pense demais.

Com um último olhar para o telefone, enviei uma resposta rápida:

A caminho.

Enquanto eu saía da cabana e descia o caminho familiar em direção à casa de Jake, o ar fresco da noite ajudou a acalmar meus nervos. Era estranho estar tão animada e nervosa ao mesmo tempo, como se estivesse à beira de algo grande, mas não quisesse estragar tudo.

Caminhei até a casa de Jake, meus passos mais lentos do que o habitual, meu coração batendo um pouco mais rápido a cada passo. Quando me aproximei da porta da frente, lá estava ele—Jake—me esperando. Ele estava lá, casual, mas com um sorriso que me fez sentir um pouco menos nervosa e muito mais animada.

No momento em que me viu, ele deu um passo à frente, estendendo a mão e segurando a minha com uma calorosa que acalmou meus nervos quase instantaneamente. Sem dizer uma palavra, ele me guiou para dentro, seu aperto gentil, mas firme. Assim que cruzamos o limiar, ele me puxou para um abraço—um daqueles abraços que simplesmente se sentem certos, como se você estivesse exatamente onde deveria estar. Era aconchegante, reconfortante, e naquele momento, eu senti que pertencia.

Eu me afastei um pouco, o suficiente para olhar ao redor, e lá estavam eles—seus avós, parados logo além de nós, suas expressões uma mistura de calor e curiosidade. Eles estavam tão curiosos sobre este jantar quanto eu.

Sorri, de repente me sentindo um pouco tímida sob o olhar deles. "Oi," eu disse, minha voz um pouco mais baixa do que eu pretendia.

"Oi," Jake ecoou, ainda segurando minha mão enquanto ele estava ao meu lado. Ele olhou para seus avós com aquela confiança natural dele e disse: "Vovó, Vovô, vocês lembram da Mia."

A avó de Jake foi a primeira a dar um passo à frente, seus olhos se iluminando com calor genuíno. Ela pegou minha mão livre entre as suas e sorriu, seu aperto suave, mas cheio de boas-vindas. "Oh, Mia, estou tão feliz por finalmente tê-la aqui para o jantar. Eu estava ansiosa por isso."

As palavras dela instantaneamente me deixaram à vontade, e apertei a mão dela de volta, sentindo um alívio me invadir. "Muito obrigada por me receber. Eu também estava ansiosa por isso," eu disse, tentando não soar tão nervosa quanto me sentia.

Da cozinha, o avô de Jake acenou com a mão, sua voz chamando com uma risada. "Não se preocupem comigo! Estou apenas preparando tudo aqui. Oi, Mia!"

Eu acenei de volta, rindo suavemente com o quão casual e caloroso tudo parecia. "Oi! Obrigada por me receber."

Jake sorriu ao meu lado, claramente satisfeito com como as coisas estavam indo. Sua mão ainda segurava a minha, e enquanto olhava ao redor, percebi o quanto aquele jantar significava—não apenas para mim, mas para ele e sua família. Não era apenas uma refeição casual; era o começo de algo mais, algo mais profundo.

Enquanto a avó de Jake me conduzia até a sala de jantar, eu lancei um olhar para Jake, e ele me deu um pequeno sorriso tranquilizador que fez tudo parecer certo. Este era o momento que eu havia temido, mas agora que eu estava aqui, parecia que eu estava exatamente onde deveria estar.

A avó de Jake me levou até a sala de jantar, suas mãos ainda me guiando gentilmente enquanto ela falava sobre a comida e como estava animada por me ter ali. O ambiente era acolhedor, preenchido com o cheiro reconfortante de pratos caseiros que fizeram meu estômago roncar de expectativa. Eu podia ver a mesa já posta, simples, mas elegante, com pratos de comida que pareciam ter sido preparados com carinho.

Jake nos seguiu, sua mão roçando levemente minhas costas por apenas um segundo enquanto ele passava para ajudar seu avô na cozinha. Eu olhei para ele e encontrei seu olhar, e por um momento, compartilhamos um rápido sorriso. Era agradável—fácil, como se estivéssemos entrando neste momento juntos sem a awkwardness que eu temia.

A avó dele gesticulou para a cadeira mais próxima a ela. "Venha, sente-se. Vamos deixá-la confortável. Estamos apenas esperando os meninos trazerem o resto da comida."

Eu me sentei, tentando ignorar o flutter de nervos ainda pulando no meu peito. "Mais uma vez, muito obrigada por me receber. Tudo cheira incrível," eu disse, tentando manter a conversa leve.

"Oh, não é nada especial," ela respondeu, acenando a mão de forma despretensiosa, mas claramente satisfeita com o elogio. "Apenas algumas receitas antigas da família. Jake ajudou com algumas delas também, você sabe."

Levantei uma sobrancelha e lancei um olhar em direção à cozinha. "Jake ajudou?"

Ela riu, assentindo. "Ele é na verdade bastante habilidoso na cozinha quando quer. Não deixe que ele te diga o contrário."

Nesse momento, Jake voltou, segurando uma bandeja de aperitivos com seu avô atrás dele, carregando um prato fumegante. "Sobre o que vocês duas estavam falando?" Jake perguntou, levantando uma sobrancelha brincalhona enquanto colocava a bandeja na mesa.

"Só estava contando à Mia sobre suas habilidades na cozinha," a avó dele disse com um piscar de olho.

Jake me deu um sorriso tímido, esfregando a parte de trás do pescoço. "Bem, eu não sou tão ruim..."

"Você é melhor do que deixa transparecer," eu brinquei, tentando conter uma risada.

Seu avô, que estava colocando o prato principal na mesa, interveio: "Não deixe que ele te engane. Este garoto sabe cozinhar, mas ele prefere comer do que fazer a comida."

A sala inteira explodiu em risadas suaves, e eu senti parte da tensão derreter. Era confortável aqui—acolhedor. A família de Jake não estava tentando me impressionar; eles estavam apenas sendo eles mesmos, o que, de alguma forma, fez tudo parecer mais genuíno.

Assim que tudo foi colocado na mesa, o avô de Jake tomou seu assento e gesticulou para todos se juntarem. "Vamos comer, pessoal. Não deixem toda essa boa comida esfriar!"

Todos nos sentamos, e enquanto os pratos eram passados, a conversa fluiu facilmente. Seus avós compartilharam histórias engraçadas sobre Jake quando ele era mais jovem—como ele costumava roubar biscoitos da cozinha ou como uma vez tentou construir uma casa na árvore que acabou sendo mais um perigo do que um esconderijo.

"Jake nunca me contou sobre essa casa na árvore," eu disse rindo, olhando para ele.

"É porque foi um desastre," Jake admitiu, balançando a cabeça. "Eu bloqueei isso da memória."

Sua avó sorriu, seus olhos brilhando. "Ele sempre estava tentando construir algo. Seguiu o exemplo do avô."

"Vocês dois formam uma boa equipe," eu disse, sentindo um calor se espalhar por mim ao ver o quanto de amor e história preenchia aquela casa.

Durante o jantar, a mão de Jake ocasionalmente roçava a minha sob a mesa, uma conexão silenciosa que nenhum de nós precisava reconhecer em voz alta. Era reconfortante, um lembrete de por que aquele jantar era tão importante. Cada vez que nossas mãos se tocavam, era como um pequeno segredo entre nós, um entendimento de que esta noite não era apenas sobre conhecer sua família—era sobre nós avançando juntos.

À medida que a sobremesa era servida, a avó de Jake me entregou uma fatia de torta com um sorriso cúmplice. "Então, Mia, como você está achando Maple Ridge até agora? Imagino que seja uma grande mudança da cidade."

"Oh, tem sido maravilhoso," eu disse, tentando levar a conversa de volta a um terreno mais seguro. "É uma grande mudança, mas estou realmente gostando daqui. É pacífico, e todos têm sido tão gentis."

O avô de Jake, ainda sorrindo, inclinou-se levemente para frente. "E o Jake tem sido parte dessa gentileza, não é?"

Eu olhei para Jake, que estava se mexendo em seu assento novamente. Antes que eu pudesse responder, ele limpou a garganta, sua voz um pouco hesitante. "Na verdade, Vovô... tem algo que eu estive querendo dizer."

Os olhos da avó dele se arregalaram de curiosidade enquanto ela olhava entre nós. "Oh?"

Jake se virou para me encarar, sua expressão séria, mas suave. "Mia, eu estive pensando... muito ultimamente. E esta noite... bem, sinto que é o momento certo para perguntar."

Eu pisquei, meu coração de repente acelerando ao perceber para onde isso estava indo. Jake respirou fundo, sua mão alcançando a minha novamente, desta vez sem hesitação.

"Na frente dos meus avós aqui," ele começou, sua voz firme, "eu quero perguntar... você gostaria de ser minha namorada?"

Eu o encarei, a pergunta pairando no ar. Seus avós trocaram olhares, claramente intrigados, mas permanecendo respeitosamente em silêncio.

Por um momento, fiquei tão atordoada que não consegui responder. Mas então, enquanto a mão quente de Jake segurava a minha, a resposta parecia óbvia. Eu sorri, meu coração se enchendo de emoção, e assentindo. "Sim. Eu adoraria."

O rosto de Jake se iluminou com um sorriso largo, e eu pude sentir a energia da sala mudar. A avó dele soltou uma pequena risada de alegria, batendo palmas. "Oh, que maravilha!"

A tensão que havia pairado durante o jantar derreteu-se, substituída por conversas leves e congratulações. Enquanto estávamos ali, com os avós de Jake sorrindo e conversando, percebi que este era o momento que eu estava esperando—o momento em que tudo se encaixava.

Jake não era mais apenas o garoto da porta ao lado, e isso não era apenas algo casual. Era real. E pela primeira vez, senti que estávamos realmente entrando em algo que importava, sem mais dúvidas pairando sobre nós.

A avó dele se inclinou para mim novamente, dando minha mão mais um aperto. "Estamos tão felizes por você, Mia. Você já é parte da família."

Eu sorri de volta, sentindo meu coração se encher de gratidão. "Obrigado. Isso significa muito."

Jake captou meu olhar novamente, seu sorriso suave e genuíno. E naquele momento, tudo parecia... certo.

EPÍLOGO

Minha sessão de terapia estava prestes a começar. Eu estava sentada na minha mesa, ajustando meu laptop para a chamada quando ouvi a voz de Jake ecoar da cozinha.

"Amor?"

Eu sorri para mim mesma, virando a cabeça levemente. "Sim?"

"Te amo! Aproveite sua sessão," ele chamou, sua voz calorosa e casual, como se fizesse isso toda vez.

"Obrigada, amor!" Eu respondi, sentindo aquele familiar e confortável tremor no meu peito.

Eu o ouvi ocupado com algo na cozinha, provavelmente começando o jantar, e isso me fez sentir ancorada. Jake tinha um jeito de fazer isso—manter tudo estável e calmo, como se a vida que estávamos construindo juntos tivesse seu próprio ritmo agora.

O laptop apitou, e a tela se iluminou quando a chamada se conectou. Lá estava Louise, minha terapeuta, sorrindo gentilmente de seu escritório do outro lado da tela.

"Como você está hoje, Mia?" ela perguntou, seu tom sempre suave, acolhedor e paciente.

Eu soltei um profundo suspiro, reclinando-me na cadeira, um sorriso suave ainda nos lábios. "Estou realmente bem, na verdade. Tenho pensado muito sobre isso recentemente, e... estou realmente feliz. Tipo, genuinamente feliz."

Louise acenou, sua expressão encorajadora. "Isso é ótimo de ouvir. O que tem te feito sentir assim?"

Eu pausei por um momento, organizando meus pensamentos. "Faz meses agora, estar nesse relacionamento com Jake. E, você sabe, eu nunca pensei que poderia se sentir tão... pacífico. É difícil de explicar, mas há apenas essa sensação de descanso. Como se eu pudesse ir para a cama à noite sem me preocupar com gatilhos ou medos se aproximando. Pela primeira vez em muito tempo, eu me sinto segura."

Louise me deu aquele olhar de aprovação e compreensão que ela sempre fazia quando eu tinha um avanço. "Esse é um lugar maravilhoso para estar, Mia. Sentir-se segura, especialmente após tudo que você passou, é um grande passo à frente."

Eu acenei, mordendo o lábio por um segundo antes de continuar. "E é mais do que isso. Tem sido emocionante também, observar como nós crescemos. Eu costumava pensar que viver com alguém poderia parecer... perder uma parte de mim mesma. Mas com Jake, é diferente. Ele tem ficado mais na minha casa do que na dele, e honestamente, tem sido incrível. Não há medo nisso—apenas emoção."

"Oh, que bom, Mia," Louise disse, seu tom genuinamente satisfeito. "Parece que você realmente encontrou equilíbrio, tanto com Jake quanto dentro de si mesma."

"Sim," eu disse suavemente, pensando em quão longe eu tinha chegado desde que me mudei para Maple Ridge. "É como se... eu finalmente estivesse vivendo a vida que sempre quis, mas não sabia como alcançar. E Jake tem sido uma parte grande disso. Ele simplesmente se encaixa em tudo tão naturalmente."

Louise sorriu calorosamente, e por um momento, houve um silêncio confortável. "Você trabalhou duro para chegar aqui, Mia. Não se esqueça disso. Você construiu essa felicidade para si mesma, e parece que Jake é alguém que complementa isso lindamente."

Eu acenei, sentindo uma onda de gratidão me invadir. "Obrigada, Louise. Eu sinto que finalmente posso respirar, sabe? Como se eu tivesse encontrado minha pessoa, meu lugar, e pela primeira vez, não estou assustada com isso."

A chamada continuou, mas na parte de trás da minha mente, eu podia ouvir Jake se movendo na cozinha, assobiando uma melodia suave. E parecia certo. Tudo parecia certo.

O sorriso de Louise se aprofundou enquanto eu continuava. "Na verdade, tem algo que estou realmente animada. Jake e eu vamos para a Europa na próxima semana."

"Europa?" Louise se inclinou para frente, seus olhos brilhando. "Isso é incrível, Mia. Qual é a ocasião?"

"Bem, é meio que uma mistura de trabalho e prazer," eu expliquei, reclinando-me na cadeira e cruzando as pernas. "Estamos visitando algumas galerias de arte em diferentes cidades. Eu quero ver o que estão fazendo, obter alguma inspiração. Além disso, será nossa primeira viagem juntos, então é emocionante em muitos níveis."

Louise acenou, claramente entusiasmada com a notícia. "Isso soa incrível, e um grande passo para vocês dois."

"Eu sei, né?" Eu não pude deixar de sorrir. "A viagem vai me ajudar a assumir um papel maior na galeria, talvez até trabalhar na abertura de uma nova na cidade. Tenho pensado muito sobre isso ultimamente, e Jake tem sido tão apoiador. Ele está me ajudando a planejar, e até conversamos sobre como podemos combinar nossas habilidades para fazer isso acontecer."

A expressão de Louise mudou ligeiramente, curiosa. "As coisas não estão indo bem com Lila na galeria? É por isso que você está pensando em seguir seu próprio caminho?"

Eu balancei a cabeça rapidamente, não querendo dar a impressão errada. "Oh, não, de jeito nenhum. As coisas com Lila estão ótimas, na verdade. Ela tem sido mais aberta às minhas ideias, e a galeria está indo melhor do que nunca. Mas Jake tem me encorajado a pensar maior, a conquistar meu próprio espaço. Eu acho que ele vê algo em mim que eu não tinha certeza que existia—tipo, eu posso ter minha própria reputação e construir minha própria renda sem depender da Lila para sempre."

Louise sorriu, reclinando-se na cadeira enquanto processava o que eu estava dizendo. "Isso é maravilhoso, Mia. Parece que Jake realmente acredita em você, e mais importante, que você está começando a acreditar em si mesma."

Eu acenei, sentindo uma onda de gratidão por Jake. "Sim, ele acredita. E pela primeira vez, sinto que posso dar esse passo. A viagem para a Europa vai me dar uma chance de ver o que há por aí, de reunir ideias e inspiração. É um grande passo, mas parece o certo."

Louise sorriu calorosamente, sua voz suave com encorajamento. "Eu acho que é o próximo passo perfeito para você, Mia. Você veio tão longe, tanto pessoalmente quanto profissionalmente. E agora, você está se permitindo sonhar maior. Estou realmente orgulhosa de você."

"Obrigada, Louise," eu disse, sorrindo. "É um pouco esmagador, mas estou pronta. Estou animada para o que está por vir."

Louise olhou para o relógio, seu sorriso suavizando enquanto ela retornava seu foco para mim. "Bem, Mia, estamos quase sem tempo para hoje. Há mais alguma coisa que você quer discutir antes de encerrarmos?"

Eu hesitei por um momento, sentindo o peso do que estava prestes a dizer. Então, com um profundo suspiro, eu acenei. "Na verdade, sim.

Tenho pensado muito sobre isso ultimamente... e acho que é hora de eu ser mais independente. Vou encerrar a terapia hoje."

Louise levantou as sobrancelhas levemente, mas não parecia surpresa. Ela acenou, sua expressão pensativa. "Entendi. Se é assim que você se sente, então estou completamente do seu lado, Mia. Eu vi você crescer tanto desde que começamos nossas sessões, e é maravilhoso que você esteja pronta para ver como é a vida após todas as mudanças que discutimos. Você fez muita cura, e é natural querer dar esse próximo passo sozinha."

Suas palavras pareceram um cobertor quente e reconfortante. Eu sorri, sentindo a verdade delas se firmar. "Sim, eu me sinto realmente feliz. Estou em um bom lugar agora, e acho que preciso desse tempo para apenas viver a vida sem curar constantemente ou pensar demais em tudo. Parece o momento certo para dar um passo para trás e ver como me saio sozinha."

Louise sorriu com orgulho. "Estou tão feliz em ouvir isso, Mia. Você trabalhou duro, e agora está se dando permissão para apenas viver—para aproveitar todas as coisas pelas quais trabalhou. E se algum dia sentir que precisa voltar, estarei sempre aqui."

"Obrigada, Louise. Por tudo," eu disse, minha voz cheia de gratidão. "Eu realmente não poderia ter chegado a esse ponto sem você."

Trocamos mais algumas palavras e, com isso, a sessão chegou ao fim. Foi um momento agridoce, mas também libertador. Eu cliquei para sair da chamada e fiquei ali por um momento, absorvendo tudo antes de descer.

Quando cheguei à cozinha, estava vazia. Jake não estava lá, e por um segundo, eu me perguntei onde ele tinha ido. Olhei pela janela, e lá estava ele—limpando o quintal, enxugando as mãos nas calças. Ele olhou para cima, encontrou meu olhar e imediatamente acenou com um sorriso brilhante, largando o que estava fazendo para correr em direção à casa.

Em poucos momentos, ele estava cruzando a porta, me envolvendo em um abraço, sua energia contagiante enquanto perguntava: "E aí, como foi a terapia?"

Eu sorri em seu peito, respirando o cheiro familiar dele. "Foi ótimo. Na verdade... eu decidi que foi minha última sessão."

Ele se afastou um pouco, olhando para mim com uma mistura de curiosidade e surpresa. "Espera, o quê? Sério? Por quê?"

Eu encolhi os ombros, me sentindo mais leve do que há muito tempo. "Acho que é hora de eu ficar de pé sozinha, sabe? Eu fiz o trabalho, e agora... quero viver sem depender da terapia para cada pequena coisa. Parece certo."

O rosto de Jake se iluminou com empolgação, e antes que eu pudesse dizer mais alguma coisa, ele me pegou, levantando-me do chão em uma volta brincalhona. "Meu amor, isso é incrível!" ele riu, me segurando perto enquanto girávamos. "Estou tão orgulhoso de você!"

Eu ri, meus pés balançando no ar enquanto sua alegria me envolvia. "Jake, me coloca no chão!" eu disse, rindo.

Ele me colocou de volta no chão, mas manteve os braços ao meu redor, seu sorriso largo e genuíno. "Sério, porém... estou realmente orgulhoso de você. Você veio tão longe."

Eu olhei para ele, meu coração se enchendo de gratidão e amor. "Obrigada," eu disse suavemente. "Por estar aqui em tudo isso."

Ele se inclinou, pressionando um beijo suave na minha testa. "Sempre."

Ele levantou uma sobrancelha, um sorriso se formando em seu rosto. "Acho que você já está fazendo um bom trabalho nisso."

Eu o cutuquei de brincadeira. "Você é tendencioso."

"Talvez," ele provocou, deixando suas mãos escorregarem da minha cintura para pegar as minhas, entrelaçando nossos dedos. "Mas eu também estou certo."

Eu não pude evitar rir, sentindo a leveza entre nós. Foram momentos como esse que fizeram tudo parecer válido. Todo o trabalho, toda a terapia—isso me trouxe até aqui, até isso.

"De qualquer forma," ele disse, sua voz suavizando um pouco, "eu quis dizer o que disse. Estou orgulhoso de você, Mia. Não é fácil chegar onde você está. E não se trata de mim ou do relacionamento... é sobre você. Você fez o trabalho. Você construiu essa nova versão de si mesma. Eu sou apenas sortudo o suficiente para fazer parte disso."

Eu olhei para ele, meu coração se enchendo de emoção, mas mantive leve, não querendo aprofundar demais em um momento que já parecia perfeito. "Você definitivamente é sortudo," eu brinquei, apertando sua mão.

Ele riu, seus olhos se enrugando nos cantos enquanto se inclinava e me beijava suavemente nos lábios. Não foi um beijo grandioso, mas algo simples e doce—um lembrete de quão longe nós chegamos juntos.

Quando ele se afastou, seu sorriso retornou. "Então, já que estamos oficialmente livres esta noite, que tal celebrarmos? Jantar? Filme? O que você quiser."

Eu sorri, sentindo-me animada para o que estava por vir. "Que tal os dois? Eu digo que pedimos algo, assistimos a algo terrível e apenas relaxamos."

Os olhos de Jake brilharam. "Isso soa perfeito. Mas filme terrível? Sério?"

"Sim, sério," eu disse com um sorriso. "Podemos tirar sarro dele o tempo todo. Você sabe que você ama isso."

Ele riu e balançou a cabeça. "Certo, combinado. Vou pegar os menus, você escolhe o filme."

Enquanto Jake ia pegar os menus de entrega, eu fiquei ali por um momento, absorvendo tudo. Isso era tudo— a vida pela qual eu trabalhei, a que eu sonhei durante aquelas longas e difíceis sessões de terapia. E agora, aqui estava eu, vivendo isso.

Sem mais dúvidas, sem mais pensar demais. Apenas eu, Jake, e o que viesse a seguir.

E pela primeira vez em muito tempo, eu me senti completamente pronta para isso.

FIM

Don't miss out!

Visit the website below and you can sign up to receive emails whenever Alice R. publishes a new book. There's no charge and no obligation.

https://books2read.com/r/B-A-CHWBC-TLBCF

BOOKS 2 READ

Connecting independent readers to independent writers.

Did you love *Autumn Spice: Romance Small Town (Versão Português)*? Then you should read *Dark Angel: Um Romance de Máfia (Edição Português)*[1] by Alice H.F!

[2]

Meu nome é **Alek**. Eles me chamam de chefe, e por uma boa razão. Eu domino esta cidade com um punho de ferro, e minha equipe me teme e me respeita em igual medida. Eu entro em uma sala, e o ar muda. Eu vivi uma vida mergulhada em poder, dinheiro e respeito. Mas mesmo em meu mundo de escuridão e perigo, nada poderia ter me preparado para o furacão que estava prestes a varrer a minha vida - **Grace Morgan.**

Ela tinha um espírito que não podia ser domado, uma teimosia que se recusava a se curvar à minha autoridade. Isso me intrigou, me cativou, e eu soube naquele momento que ela seria minha, corpo e alma.

---

1. https://books2read.com/u/bMEv6V

2. https://books2read.com/u/bMEv6V

Eu quero ver essa inocência despedaçada, ver como ela sucumbe a mim, fazer com que seus desejos ocultos venham à tona e fazê-la anseiar pela escuridão tanto quanto eu.

Dizem que o amor e o perigo formam uma combinação letal.

Also by Alice R.

Bullets & Thorns: Mafia Romanze
Bullets & Thorns: Romance Mafieuse
Bullets & Thorns: Um Romance de Máfia
Vice & Virtue: Mafia Romanze
Vice & Virtue: Romance Mafieuse
Vice & Virtue: Um Romance de Máfia
Vice & Virtue: Romanzo di Dark Mafia
Vice & Virtue: Un Romance Mafia (Español)
Autumn Spice: Kleinstadtromanze
Autumn Spice: Romance Small Town (Versão Português)
Autum Spice: Small Town Romance (Version Française)

Milton Keynes UK
Ingram Content Group UK Ltd.
UKHW041822201024
449814UK00001B/59